Werwölfe und andere Sorgen

David Pawn

Qindie steht für qualitativ hochwertige Indie-Publikationen. Achten Sie also künftig auf das Qindie-Siegel! Für weitere Informationen, News und Veranstaltungen besuchen Sie unsere Website: http://www.qindie.de/

FreshFrozenMikel@online.de

ISBN-13:978-1492328094

ISBN-10:149232809X

Inhaltsverzeichnis

Filmriss

Ich habe einen Filmriss. Es muss gestern Abend wieder hoch her gegangen sein, wenn ich davon ausgehe, an wie wenig ich mich noch erinnern kann und wie ich mich fühle. Die Sonne scheint hell ins Zimmer und ihr Licht blendet mich. In meinem Mund habe ich einen Geschmack, als wären in der Nacht mehrere Spinnen hineingekrochen und dort auf meiner Zunge verendet. Ich bin völlig bekleidet und liege auf dem Wohnzimmerfußboden. Das ist schon arg. Sonst schaffe ich es wenigstens, mich auszuziehen und ins Bett fallen zu lassen. Ich weiß nicht einmal mehr, wo ich gestern Abend war. Toms Bar? Das „Milk ‘n‘ alcohol“? Ich habe keinen blassen Schimmer.

Ich bin Reporter. Arbeite für eine von diesen Tageszeitungen mit großen Balkenüberschriften und wenig Fließtext. Wenn man das durchstehen will, muss man hin und wieder einen draufmachen, sonst schnappt man über.

Was riecht denn hier so seltsam? Das muss ich sein. Furchtbar. Ich glaube, ich muss kotzen. Ich erhebe mich mühsam, wanke auf Beinen wie aus Lakritz ins Bad und schaue in den Spiegel. Kein schöner Anblick. So einen Kater hatte ich noch nie. Ich bin unter den dunklen Bartstoppeln ganz blass. Die Stoppeln sehen aus, als hätte ich mich seit drei Tagen nicht rasiert. Habe ich etwa den ganzen Sonntag verpennt? Ist schon Montag?

Ich will ins Wohnzimmer zurückeilen, aber meine Beine gehorchen mir nicht richtig. Ich kann nur ganz langsam gehen. Mein Gehirn ist noch nicht völlig bereit, die Stelzen so zu steuern wie gewohnt. Also schleppe ich mich langsam ins Wohnzimmer zurück, so schlurfend wie es meine angeschlagene Konstitution erlaubt und schalte den Fernseher ein.

Frühstücksfernsehen! Und richtig, es ist Montag. Nicht nur der Samstagabend ist weg, auch der ganze Sonntag ist verschwunden. Scheiße! Ich darf nicht so viel saufen, sonst gehe ich eines Tages drauf.

Zurück ins Bad, rasieren, in der Redaktion anrufen, dass ich etwas später komme. Soweit der Plan.

Ich gehe ins Bad und setze mich erst mal auf die Schüssel. Was 'n das? 24 Stunden gepennt und ich kann nicht pinkeln? Das kann nicht gut sein. Aber ich kann keine Rücksicht darauf nehmen. Ich muss mich frisch machen und dann zur Redaktion.

Ich ziehe mein Hemd aus und stelle fest, dass es auf dem Rücken einen Riss hat. Meine Güte, was war das für ein Samstagabend? Das Unterhemd ist auch kaputt und außerdem bluverkrustet. Habe ich eine Kratzbürste an Land gezogen und vernascht? Aber doch wohl nicht in Klamotten?

Ich stopfe die kaputten Sachen in den Mülleimer und den stinkenden Rest von Klamotten in die Wäschetruhe. Die muss auch mal wieder abgearbeitet werden, stelle ich dabei fest. Eine Fliege kriecht auf meinem Arm herum, während ich das tue. Das Vieh scheint sich dort sehr wohlzufühlen. Ich scheuche es weg und es schwirrt um meinen Kopf, um sich schließlich auf meiner Stirn niederzulassen. Na Klasse!

Wedel, wedel!

Die Fliege fliegt auf und summt durchs Zimmer während ich ins Schlafzimmer schlurfe, um mich mit frischer Wäsche zu versorgen. Danach verschwinde ich unter der Dusche, ehe noch mehr Fliegen auf mich aufmerksam werden.

Beim Rasieren schneide ich mich auch noch. Ist aber nicht so schlimm wie sonst. Blutet fast gar nicht. Ich klebe ein Pflaster drauf und gehe ins Wohnzimmer zurück. Dort rufe ich Carla an, unsere Redaktionsassistentin. Scharfe Braut, aber schon vergeben. Ich sage, dass ich ein bisschen später komme und Carla nimmt es ohne weiteren Kommentar zur Kenntnis. Das kommt immer mal wieder vor, auch bei anderen Reportern, aber wir haben alle so viele Überstunden, dass es lächerlich wäre, wenn sich einer drüber aufregen würde.

Fünfzehn Minuten später bin ich abmarschbereit. Ich hatte mir einen Kaffee gemacht und in der Küche stehengelassen. Hatte einfach keinen Durst.

Den Appetit hat es mir auch verschlagen, aber zum Glück verspüre ich keinen Hunger.

Auf der Straße sehen mich die Leute komisch an. Ich wundere mich, ehrlich gesagt, nicht darüber, denn wenn ich immer noch so aussehe wie vorhin im Badezimmerspiegel, gehe ich durchaus als eine gute Figur aus einem B-Movie durch: Night of the Living Dead, Teil 324 oder so. Ich schlurfe auch so dahin wie eine von diesen lebenden Leichen. Ich wollte erst mit dem Wagen fahren, aber es ist ja nicht weit zur Redaktion und in meinem Zustand fahre ich noch gegen einen Baum und dann bin ich wirklich ex. Muss nicht sein.

Carla erwartet mich schon. „Mein Gott, wie siehst du denn aus?“, faucht sie. „Hast du nicht mal geduscht? Na egal, der Alte erwartet dich in fünf Minuten in seinem Büro.“

Nicht geduscht? Klar hab ich geduscht. Ich stampfe zu meinen Schreibtisch und schnuppere an meinem Hemd. Riecht tatsächlich komisch, nicht nach Schweiß, eher ein bisschen süßlich. Muss das neue Rasierwasser sein. Das wäre mir beinahe aus der Hand gefallen heute früh. Nicht nur meine Beine, auch meine Hände spielten bisher noch nicht so richtig mit.

Wenn ich nur wüsste, was der Christian von mir will. Es war irgendwas los am Freitag, aber auch daran kann ich mich nicht mehr so recht erinnern.

„Morgen Peter, Mensch, wie siehst du denn aus?" Das ist wohl die Standardbegrüßung des Tages. „Muss ja ein übles Wochenende gewesen sein. Hast du wenigstens was rausgekriegt?"

Rausgekriegt? Ich blicke den Chef ein bisschen blöde an und er erkennt gleich, dass ich nicht weiß, wovon er redet.

„Sag nicht, du hast es vergessen. Sag das nicht." Er wird ein wenig lauter und schaut hinter seinem Schreibtisch wie ein angriffsbereiter Tiger hervor. „Wie kann man sich nur so das Hirn raussaufen, Mann?"

„Einen Moment, worum geht's denn überhaupt", versuche ich seine Wut ein wenig zu bremsen.

„Um den Schwulenkiller." Mein Chef guckt mich an, als käme ich gerade aus einem anderen

Universum. „Du hast mir am Freitagabend hoch und heilig versprochen, dass du dich am Samstag umhören willst, damit wir es für morgen auf die Titelseite klatschen können. Und jetzt kommst du hier kalkweiß und wie ausgekotzt in mein Büro und weißt von nichts. Das ist stark, Mann, das ist selbst für deine Verhältnisse sehr stark."

Ich stehe betreten in der Gegend herum und weiß nicht, was ich antworten soll. Ich muss wohl wirklich durch diese Schwulenbars gezogen sein, um mich umzuhören, aber offenbar ist nichts weiter dabei rausgekommen als dieser Kater des Jahrhunderts.

„Dann muss ich jetzt Jan schicken, vielleicht findet der ja noch ein paar Bröckchen. Aber wir waren doch davon ausgegangen, dass man gerade am Samstagabend viel erfahren kann, weil da die meiste Kundschaft in den Läden rumhängt. Wie kannst du mich so hängen lassen, Peter." Mein Chef schüttelt resigniert den Kopf und wedelt mich mit der Hand von seinem Schreibtisch weg. „Und dusch dich mal. Du riechst ja, als ob du verwesen würdest."

Na, danke auch. Ich schlurfe aus dem Zimmer und frage mich, wie ich das hatte vergessen können. Eigentlich ist Christian nicht nur mein Chef, sondern auch ein Freund. Jedenfalls soweit ein Chef ein Freund sein kann. Das ist wohl einer der Gründe, warum er mich nicht gleich gefeuert hat nach der Nummer. Das, und dass ich sonst immer sehr gute Arbeit abgeliefert habe.

Carla erkennt sofort, dass es nicht gerade toll gelaufen ist beim Chef. „Ärger?", fragt sie trotzdem.

„Ich hab's vermasselt und kann mich nicht mal dran erinnern", brumme ich. „Schaff mir mal die Ausgabe vom Freitag auf meinen Schreibtisch, und die vom Donnerstag auch." Ich gehe rüber und lasse mich in meinen Sessel fallen. Dann werfe ich den Computer an. Als mein Anmeldebildschirm aufflammt, kommt Carla mit den Zeitungen. Sie bleibt in einem Meter Entfernung stehen, rümpft die Nase und wirft mir die Blätter zu.

Sie guckt ganz erschrocken und sagt: „Das ist nicht normal. Du musst dir am Wochenende was eingefangen haben. Typhus oder die Beulenpest oder so was. So riecht doch kein gesunder Mensch.“ Dann verlässt sie fluchtartig die Szene. In der Box neben mir springt der Ventilator von Ricardo an. Das ist unser Sportredakteur.

Ich schaue an mir herunter und stelle fest, dass meine Haut ein bisschen grünlich aussieht. Keine gesunde Farbe finde ich. Aber erst will ich mich über diesen Schwulenkiller ins Bild setzen, den ich total vergessen habe.

Drei Tote an drei Wochenenden. Aus den Berichten von Zeugen ergibt sich folgendes Bild: Der Täter gabelt seine Opfer in Schwulenbars auf. Er macht sie vermutlich betrunken oder flößt ihnen Drogen ein, dann schleppt er sie ab und begleitet sie nach Hause in ihre Wohnung. Dort sticht er sie nieder und verschwindet. Keine Diebstähle, keine Rituale, kein Sex. Nur ein sauberer Stich mit einem scharfen Dolch oder so und ab durch die Mitte. Die Polizei geht von einem Täter aus, der extremen

Hass auf Schwule hat. Vielleicht wurde er von einem mit HIV infiziert. Keine Beschreibung eines mutmaßlichen Täters vorhanden. Eigentlich ist die Erkenntnislage der Polizei gleich Null.

Und ich hatte also mehr über den Killer erfahren wollen als die Polizei, wenn ich Christian glauben soll. Und das muss ich wohl, denn er ist der Chef.

Aber so wie ich heute rumlaufe und mich fühle, kann ich nicht vernünftig arbeiten. Tut mir Leid, Leute, aber ich muss zum Arzt. Vielleicht habe ich mir ja wirklich was eingefangen, was diesen Kater verstärkt hat.

Ich gehe rüber zu Carla, bleibe aber in sicherem Abstand stehen. Sie findet heute wahrhaft keinen Gefallen an meinen Reizen. Eine Fliege kriecht über meinen Hals. Das kitzelt ein bisschen und ich wedele das Vieh weg.

„Ich gehe zum Arzt. So kann ich nicht arbeiten."

„Wird wohl besser sein", antwortet Carla und versucht ein Lächeln, das ihr aber verrutscht. „Du siehst aus wie der Tod auf Socken. Lass dir ein paar

Pillen verschreiben, schlaf dich gründlich aus und dusch dich."

„Danke für den Tipp", erwidere ich lakonisch und mache mich auf den Weg zum Onkel Doktor.

Beim Arzt sieht es aus wie üblich. Wartezimmer proppenvoll, Schwestern gelangweilt hinter dem Anmeldungstresen. Eine guckt bloß, die andere lackiert sich die Nägel. Ich will Fräulein Nagellack nicht stören und gehe zu der blasiert guckenden. Als ich an den Tresen trete, reißt die die Augen auf, als hätte sie noch nie einen Mann gesehen. Ihr Blick fliegt nach links und rechts, als würde sie nach einem Fluchtweg Ausschau halten. Dann hat sie sich gefangen und sagt: „Ihre Chipkarte bitte, worum geht es?"

„Weiß nicht, erst dachte ich, ist nur ein Kater, aber das kann nicht sein. Das kenne ich zu gut. Fühle mich wie erschlagen, Probleme beim Wasserlassen, Appetitlosigkeit und meine Haut wird grün." Dann schiebe ich ihr die Plastikkarte rüber.

Sie schiebt das Ding in das Lesegerät, guckt mich noch mal kurz an und sagt dann: „Warten Sie bitte in Zimmer drei, Herr Bojko."

Ich sehe verdattert drein. Ich darf nicht mit den anderen armen Schweinen zusammen im Wartezimmer warten und mir diverse Krankengeschichten anhören? Nachtigall, ick hör dir trapsen! Habe ich Ebola oder so was?

Ich schlurfe ins Zimmer drei, lasse mich dort auf einen Stuhl fallen und warte. Zehn Minuten später kommt der Arzt. Er zögert einen Moment an der Tür, ehe er diese hinter sich schließt. Aus sicherer Entfernung werde ich eine ganze Weile gemustert, ehe er sich endlich dazu aufraffen kann, näher zu treten. Er geht zu dem Schreibtisch am Fenster, lässt sich dort auf einem Stuhl nieder und schaut mich an. Dann fragt er: „Was führt Sie zu mir, Herr Bojko."

„Tja, ich weiß auch nicht. Heute früh habe ich gedacht, es ist ein Riesenkater. Aber ich bin kein Weichei, das hätte mich nicht so umgehauen, das kenne ich alles. Aber ich fühle mich nach wie vor elend, habe keinen Appetit und Durst und kann auch nicht Pinkeln. Dabei muss ich über 24 Stunden geschlafen haben. Meine Blase müsste voll sein wie ein Ballon vorm Start. Meine Kollegen auf Arbeit haben alle gesagt, ich würde einen seltsamen Geruch absondern und meine Haut wird ganz grünlich, sehen Sie.“ Ich zeige meinen Arm vor wie ein Beweisstück.

„Seit wann geht es ihnen so?“

„Weiß nicht. Ich bin heute früh aufgewacht und hatte alles seit Freitag vergessen.“

Der Doktor nickt sinnend vor sich hin, blickt dann auf und mir ins Gesicht. „Wir machen zunächst einen Grundcheck, dann sehen wir weiter. Kommen sie mal her, wir wollen als Erstes ihren Blutdruck messen.“

Die übliche Prozedur. Hemd aufkrempeln, Manschette anlegen, Gummibällchen aufpumpen. Unüblich ist der Blick des Arztes. Der guckt immer dümmer aus der Wäsche, auf das Anzeigegerät, auf sein Bällchen, auf meinen Arm und dann in mein Gesicht. „Muss kaputt sein“ , murmelt er, schüttelt den Kopf und löst dann wieder die Manschette von meinem Arm. Die Stelle wo die Manschette gesessen hatte, ist plötzlich ganz blutunterlaufen.

Ich gucke den blauen Fleck an, dann den Arzt. „Normal ist das nicht, oder."

„Nein." Der Arzt sieht irgendwie erschrocken aus. „Machen Sie sich mal frei."

Während ich mich ausziehe, geht der Herr Doktor zu einem Schrank am anderen Ende des Zimmers und nimmt dort aus einer Schublade ein paar Gummihandschuhe. Offenbar will er mich nicht mit bloßen Händen anfassen. Er kehrt zu seinem Schreibtisch zurück, holt ein Stethoskop und kommt zu mir herüber. Ich stehe mit bloßem Oberkörper vor dem Stuhl und sehe an meinem Körper herunter. Mein ganzer Bauch um den Bauchnabel herum ist ein einziger Bluterguss. Die Haut ist fast schwarz.

Der Doktor guckt mich seltsam an, so etwas hat er wohl auch noch nicht gesehen, oder höchstens in der Ausbildung in einem Lehrfilm oder der

Pathologie. Ich frage mich, ob ich jetzt auf dem Städtischen Friedhof Probeliegen gehen kann.

„Was haben Sie denn gemacht? Mit einem Gorilla geboxt?“ Der Arzt versucht seine Unsicherheit mit Witzchen zu überspielen, aber es gelingt ihm nicht so richtig.

Er tritt an mich heran, steckt sich die Oliven des Stethoskops in die Ohren und beginnt mit der Prozedur des Abhörens. Zwei Sekunden. Dann fällt ihm das Stethoskop aus der Hand und baumelt vor seiner Brust. Er glotzt mich an wie einen Zombie. Dann nimmt er sich zusammen, greift nach dem Bruststück und setzt es sich an die eigene Brust. Er lauscht ein, zwei Augenblicke und macht dann einen Schritt rückwärts, ohne mich jedoch aus den Augen zu lassen. Plötzlich ist er ein bisschen blass um die Nase. Schnell fängt er sich wieder, schaut mir ins Gesicht und erklärt: „Ihre Herztöne sind sehr schwach. Entschuldigen Sie bitte. Drehen Sie sich mal um.“

Ich gehorche und plötzlich höre ich den Arzt hinter mir heftig die Luft aus den Lungen stoßen.

„Mein Gott“, sagt er dann, „oh, mein Gott.“ Das trägt nicht gerade zu meiner Beruhigung bei.

„Was ist?“, frage ich. „Kommen Sie, Doc, machen Sie nicht so ein Theater und sagen Sie mir einfach die Wahrheit. Ist es lebensgefährlich? Wie lange habe ich noch?“

Der Arzt antwortet nicht. Offenbar steht er nur einfach einen Meter hinter meinem Rücken und starrt mich an. Ich komme mir blöde vor. Und außerdem denke ich, dass dieser Arzt sehr unprofessionell ist. So sollte er selbst bei einem schlimmen Fall nicht reagieren. Soll sich ein Beispiel an Dr. House nehmen. Der wäre vermutlich begeistert, was für eine medizinische Sensation da in seine Praxis spaziert ist.

„Ich denke, ich muss sie zu einem Spezialisten überweisen“, sagt der Herr Doktor einen Augenblick später und dann fängt er an, hysterisch zu lachen.

Jetzt reicht es mir. Ich drehe mich auf dem Absatz um, starre den Arzt an und brülle: „Verdammt, Mann, was ist daran so komisch? Ich habe eine Scheißangst und sie schütten sich aus vor Lachen."

Der Doktor schrickt zusammen, hört sofort auf zu lachen, hebt beide Hände abwehrend in meine Richtung und macht einen weiteren Schritt rückwärts. Jetzt steht er mit dem Rücken direkt vor einem Schrank mit Spritzen, Verbandszeug und irgendwelchen Medikamentenproben, die Pharmavertreter hier abgeladen haben. Dann zieht er die rechte Hand zurück und schlägt sie entsetzt vor den Mund.

„Wo! Ist! Das! Problem?" Ich schrei den Arzt an so laut ich kann. „Ich will wissen, was ich habe und ich will wissen, ob ich noch zu retten bin."

„Sie haben eine mehrere Zentimeter tiefe Messerwunde im Rücken. Und nein." Der Arzt starrt mich noch immer aus weit aufgerissenen Augen an.

„Was heißt nein? Ich werde sterben an dieser Wunde?"

Der Arzt schüttelt den Kopf. Aber er wirkt dabei, als wäre er nicht ganz bei sich, sondern sehe Dinge in oder aus einer anderen Welt.

„Reden Sie, Mann, oder muss ich erst grob werden?“

„Bitte, bitte nicht“, der Typ schieb sich an dem Schrank entlang in Richtung auf die Ausgangstür zu. Wahrscheinlich hat er Angst, ich drehe nach dieser Eröffnung durch und falle über ihn her. Aber warum sollte ich. Ich will bloß endlich wissen, was hier gespielt wird. Um den Arzt zu beruhigen, trete ich einen Schritt zurück und setze mich auf den Stuhl, wo mein Hemd über der Lehne hängt.

„So“, sage ich, „jetzt beruhigen wir beide uns wieder und Sie erklären mir, was los ist mit mir und was ich tun kann.“

Der Arzt lässt von seinem Rückzug ab, guckt mich aber immer noch in einer Mischung aus Furcht und Faszination an. Ein wenig sieht er wie ein Insektenforscher aus, der eine absolut phänomenale neue Spezies entdeckt hat, nur ist diese Spezies drei Meter groß und frisst Menschen.

„Ich will es mal so sagen: Der Spezialist, zu dem ich Sie überweisen muss, ist der Pathologe."

Ich habe nicht richtig gehört. ‚Pathologe' kann der Herr Doktor nicht gesagt haben. Pathologen schneiden Leichen auf. „Ich habe ‚Pathologe' verstanden", sage ich daher, lache auf und füge hinzu: „Aber das muss ein Missverständnis sein. Ich bin ja schließlich noch nicht tot."

„Doch, das sind Sie", erwidert der Arzt. „Kein Blutdruck, keine Herztöne, eine Stichwunde in der Lunge, die daraufhin offenbar kollabiert ist. Sie sind nach allen Regeln der medizinischen Kunst tot. Allerdings kann ich keinen Totenschein ausschreiben, weil Sie hier vor mir sitzen und mit mir reden. Hirntot sind Sie demzufolge nicht. - Ich muss mich setzen, ich muss mich beruhigen."

Er geht zu seinem Schreibtisch hinüber, reißt die untere Schreibtischtür auf, nimmt ein Becherglas heraus und eine Flasche Johnny Walker, Black Label. Red Label ist nichts für Ärzte, eher für Journalisten! Er schenkt sich eine reichliche Portion ein und schüttet sie in einem Zug in seine Kehle.

„Sie sagen mir allen Ernstes ins Gesicht, ich sei tot und saufen dann vor meinen Augen." Ich kann es nicht fassen. „Vielleicht brauchen Sie einen Spezialisten", höhne ich. „Irrenarzt."

„Schauen Sie sich doch an. Leichenflecken. Verfärbung der Haut. Sie riechen auch nach Verwesung. Sie sind tot. Bloß ihr Hirn hat es noch nicht mitbekommen. Fallen Sie endlich um, damit ich den Fall sauber abschließen und wieder normal denken kann."

„Tut mir leid, aber den Gefallen kann ich ihnen nicht tun, Doktor." Ich versuche einen zynischen Gesichtsausdruck.

Plötzlich wird der gute Doktor hektisch. Er schieb die Unterlagen auf seinem Schreibtisch herum, zerrt seine Computertastatur zu sich heran und beginnt, wie wild auf die Tasten zu hämmern. Offenbar ist ihm gerade klar geworden, dass er eine nobelpreisverdächtige medizinische Sensation vor sich hat.

„Was machen Sie da?"

„Ich muss das dokumentieren. Ich werde berühmt. Sie auch."

„Ich will nicht berühmt werden, jedenfalls nicht als ein gottverdammter Zombie", fauche ich den Arzt an.

„In ihren Unterlagen steht, Sie sind bei einer Zeitung beschäftigt. Reporter." Der Arzt blickt kurz von seiner Tastatur auf, die er im Zwei-Finger-System bearbeitet. Rattatata - rattatata - rattatata - wie Maschinengewehrfeuer. „Schreiben Sie darüber, wie sie sich fühlen. Da haben Sie den Pulitzer-Preis sicher."

„Den gibt es nur für Amerikaner", antworte ich. „Außerdem müssen Sie sich irren. Kein Mensch der tot ist, geht zur Arbeit, geht zum Arzt ... alles Dinge, die ich heute gemacht habe. Ich bin doch wohl die erste Leiche mit der Sie sprechen, oder?"

„Natürlich", antwortet der Arzt und malträtiert weiter seine Schreibmaschine. „Was haben Sie heute zu sich genommen: Essen, Trinken?", fragt er mich plötzlich.

Ich will ihn auf den Arm nehmen, strecke die Arme steif nach vorn aus und krächze: „Brains!“ Herr Doktor findet das gar nicht lustig. Er versucht von seinem Sessel aufzuspringen, verheddert sich mit dem Kittel in dessen Lehne und stürzt samt Sessel in der Ecke nieder. Es kracht laut, aber weil die Tür gepolstert ist und die Schwestern draußen sicher Besseres zu tun haben (Augenbrauen zupfen?), kommt niemand nachsehen.

Während der Arzt sich wieder berappelt, streife ich meine Sachen über, die ich für die Untersuchung ausgezogen hatte. Er lässt mich dabei keinen Augenblick aus den Augen, so wie ein Dompteur ein Raubtier, das er neu in eine Gruppe zur Dressur aufnimmt.

„War nur Spaß“, sage ich, als der Arzt wieder senkrecht steht. „Ich habe nichts gegessen und getrunken. Soweit ich das sagen kann seit Samstag nicht. Und ich habe auch kein Wasser lassen und keinen Stuhl absetzen können oder wie ich sagen würde: mit Pinkeln und Scheißen war’s auch Essig.

„Sehen Sie, tot“, erwidert der Arzt und setzt sich wieder an seine Schreibtisch. „Kein Stoffwechsel. Seltsam ist bloß, das Darm und Blase noch was festhalten. Aber ihre motorische Muskulatur funktioniert ja auch noch.“

Wär ja auch noch schöner, wenn ich mich bepisst hätte oder schlimmer.

Aber langsam wird mir klar, was passiert sein muss – teilweise. Ich habe mich also nach diesem Schwulenkiller auf die Suche gemacht. Ich habe den Typen offenbar gefunden. Oder er mich. Und dann hat er mich betäubt, in meine Wohnung geschafft und erstochen. Genau wie er es mit den Schwulen gemacht hatte. Jetzt kam aber das Besondere. Ich hatte überlebt oder war nicht tot geblieben oder war untot geworden oder ... ach, hör doch auf mit dem Scheiß. Ich fühlte mich noch immer zum Kotzen.

„Doktor, was soll ich tun? Ich fühle mich nicht tot. Ich bin nicht tot. Ich bin bloß krank.“

Der Arzt sieht mich an, als ob er tatsächlich so was wie Mitleid empfindet. „Gehen Sie nach Hause.

Ich schreib Sie wegen Grippe krank. Kann ja schlecht Pneumothorax auf den Krankenschein schreiben, wie es richtig wäre."

Das war mein letzter Arztbesuch. Dessen bin ich sicher.

In die Redaktion kehre ich nur kurz zurück, um Carla meinen Krankenschein auf den Tisch flattern zu lassen. Ich weiß jetzt, was ich tun will. Ich will diesen Typen finden, der mich erledigt hat. Ich muss diesen Killer finden und meine Ruhe.

Wieder Samstag. Ich bin die ganze letzte Woche jeden Abend durch die Schwulenbars gezogen und habe Ausschau gehalten. Aber kein Aufblitzen in meinem Hirn, kein Wiedererkennen. Nur immer scheele Seitenblicke, weil ich trotz aller Chemie wie eine Kloake zu müffeln anfange, wenn ich ‘ne Stunde oder so nicht geduscht habe. Auf den Unterseiten meiner Arme habe ich auch schwarze Blutergüsse, weil sich das Blut eben unten sammelt, wenn das Herz nicht mehr schlägt. Meine Füße sehen aus wie Kohlen. Gestern sind mit zwei Zähne ausgefallen. Einfach so. Lange kann das nicht mehr so weiter gehen.

Ich gehe in die Bar ‚Rosa Kakadu', setzte mich an den Tresen und bestelle einen Manhattan. Der Barkeeper kennt mich langsam. „Sie suchen wen, stimmt's?", fragt er, als er mir das Glas hinstellt. „Immer nur hier sitzen, gaffen und nicht mal trinken. Bulle?"

„Ne", ich schüttele den Kopf, „Reporter. Der Killer, sie verstehen, oder? Das ist eine ganz große Nummer, wenn ich da was aufschnappen kann. Für die Zeitung und dann auch für mich."

„Na dann, Weidmanns Heil, aber lassen Sie sich nicht selbst abstechen. Ist nicht gut für den Teint." Der Barkeeper lacht über seinen eigenen Witz und ich lache gequält mit. Wenn du wüsstest, du Witzbold.

Zwei Stunden später kommen dann zwei Paradiesvögel zur Tür herein. Tunten der klassischen Art und hinter den beiden ein Typ in Lederjacke und knallenger Lederhose. Eins fünfzig mit Hände hoch, untersetzt aber nicht dick. Typ

Turner. Hambüchen für Arme. Der sieht mich erst nicht, weil die Tunten ihm im Weg sind. Erst als die kurz vor der Bar abbiegen und sich in Richtung auf eine Kuschelecke verziehen. Da hat er mich plötzlich voll im Blick und seine Augen werden groß.

Ich weiß es. Ich weiß es sicher. Der Typ hat mich wiedererkannt. Und er hat gedacht, ich müsste längst unter der Erde liegen und verfaulen. Ich verfaule auch. Bloß nicht unter der Erde.

Ich springe von meinem Barhocker auf, ehe der Kerl die Biege machen kann. „Licht“, rufe ich dem Barmann zu. „Das ist der Schwulenkiller!“ Dann stürze ich nach vorn auf den kleinen Lederverpackten zu.

Plötzlich wird es hell in der Bar. Der Typ kann nicht weg, weil in seinem Rücken mehrere Gäste in Panik zur Tür gestürzt sind, als der Killer erwähnt wurde. Und wenn er nicht flüchten kann, kennt er nur ein Mittel. Er zieht ein Messer aus der Innentasche seiner Jacke und hält es zum Kampf bereit vor sich. Es ist ein Sardisches Hirtenmesser. Eine tödliche Waffe wie ich erfahren musste.

Ich stürze auf den Typen zu und packe ihn am Hals, während er mir das Messer in die Brust rammt. In dem Moment beginnt das große Kreischen in der Bar. Ich sehe aus den Augenwinkeln einen Kellner zu seinem Handy greifen. Hoffentlich ruft der die Polizei an und nicht bloß seine Freundin, um zu sagen, dass es später wird.

„Du solltest doch tot sein", zischt der Messermann und stößt noch einmal zu.

„Bin ich", antworte ich und grinse ihn an, dabei entblöße ich die Zahnlücken, die mich seit gestern zieren. Ich halte ihn noch immer am Hals gepackt und drücke zu. „Und du wirst mich begleiten, Süßer", flöte ich dabei in der besten Tuntenimitation zu der ich fähig bin.

Er sticht weiter mit dem Messer auf mich ein, was sinnlos ist, weil er nur mein Hemd ruiniert. Aber er wird langsam blau im Gesicht und seine Bewegungen werden schwächer. Ich verstärke den

Druck und plötzlich spüre ich, dass sein Kehlkopf bricht. Dann ist es schnell vorbei mit ihm. Er wird ganz schlaff und lässt das Messer fallen. Da lasse ich ihn los.

Um mich her dreht sich alles. Die Bar, die Leute, die schreiend durcheinander laufen, die Lichter der Lampen über mir. Sie wirbeln herum wie ein überdrehtes Karussell. Ich höre eine Polizeisirene. Ich sehe die Welt um mich herum in einem Wirbel versinken.

Licht! Gleißendes Licht! Es ist im Zentrum des Wirbels. Ich wirbele darauf zu. Immer schneller dreht sich die Welt. Etwas poltert. Ich? Bin ich gestürzt? Ich sehe nur dieses Licht.

Bin ich noch in der Bar?

Bin ich noch?

Bin ich?

Keine Haustiere

„Man sprach von wilden Tieren hier, die liefen nächtelang im Kreis.“ Felix de luxe - Nächte übers Eis

Melissa Werner schaute durch den Spion und stieß einen stummen Fluch aus, als sie sah, wer draußen stand: Frau Perkoweit ihre Vermieterin. Die alte Schnepfe musste ihre Nase immer in die Angelegenheiten anderer Leute stecken, besonders in die Angelegenheiten der Leute, an die sie die Wohnung über ihrer eigenen vermietete und das waren natürlich sie, die Werners.

Melissa öffnete die Tür zur Hälfte, nicht dass die alte Perkoweit hereinspaziert kam, und setzte ein höfliches Lächeln auf. „Guten Tag, Frau Perkoweit, was führt Sie zu uns?“, sagte sie dann so freundlich wie möglich.

„Ich denke, Sie wissen, was ich von ihnen will“, erwiderte Frau Perkoweit statt einer Begrüßung.

„Ehrlich gesagt, nein.“ Melissa Werner setzte einen erstaunten Gesichtsausdruck auf.

„Sie haben einen Hund“, eröffnete ihr die Vermieterin, „Abstreiten nützt nichts, ich weiß Bescheid.“

„Soso“, sagte Melissa ein wenig schnippisch, „können Sie mir auch sagen, wie Sie auf diese absurde Idee kommen. Wir hätten gar keine Zeit für ein Haustier.“

„Das sind doch faule Ausreden. Und Sie wissen ganz genau, dass im Mietvertrag steht, dass ich keine Haustiere dulde. Fische würde ich mir ja noch gefallen lassen, aber ein Hund kommt überhaupt nicht in Frage. Das heißt, entweder zieht der Hund aus oder sie.“

„Ich weiß genau, was im Mietvertrag steht“, erwiderte Melissa Werner. „Dass es in diesem Haus keine Hunde oder Katzen gibt, war einer der Gründe, warum mein Mann und ich sich für die Wohnung entschieden haben. Wir haben keinen Hund und haben auch nicht vor, uns einen zuzulegen. Wir hatten nicht mal einen Hund zu Besuch.“

„Dann lassen Sie mich sicher mal kurz hinein, um das zu kontrollieren“, sagte Frau Perkoweit und versuchte sich an Melissa Werner vorbeizuschieben.

„Was fällt ihnen ein“, Melissa machte sich so breit wie möglich und versuchte die aufdringliche Vermieterin aufzuhalten. „Warten Sie bis heute Abend, wenn mein Mann zu Hause ist.“

„Ha“, machte Frau Perkoweit, „da haben Sie den Hund dann beiseite geschafft.“

„Wir haben keinen Hund.“ Melissa hob in einer beschwörenden Geste die Hände über den Kopf, was ein Fehler war, denn diesen Moment nutzte Frau Perkoweit, um in den Flur zu drängen. Schnüffelnd sog sie die Luft ein.

„Riecht wie im Stall“, verkündete sie dann.

Diese Behauptung war so absurd, dass Melissa Werner sich nicht zurückhalten konnte und lauthals zu lachen begann. „Wollen Sie auch noch behaupten, wir hielten uns ein Pferd?“, fragte sie dann ironisch.

„Ich weiß, was ich weiß“, erwiderte Frau Perkoweit entschieden. „Immer wieder hört man aus ihrer Etage seltsame Geräusche. Klingt wie ein Heulen, manchmal mehr wie ein Winseln. Das ist ein Hund, der sich eingesperrt fühlt. Außerdem habe ich auf der Treppe zu dieser Etage Haare gefunden, graue Tierhaare. Ganz eindeutig Hund."

„Ach, sind sie jetzt Expertin für Tierhaare. Ich hatte immer angenommen, dass sie einen Kosmetiksalon führen." Melissas Ton war jetzt beißend und sie fragte sich, ob Frau Perkoweit ihnen nicht schon allein wegen dieser Impertinenz kündigen würde.

Frau Perkoweit hatte indes nicht wirklich zugehört, sondern bewegte sich in Richtung Küche. Dort hatte Melissa gearbeitet, bevor es an der Tür läutete.

„Da, Hundefutter!", rief die Vermieterin aus, als sie des Fleischberges auf dem Küchentisch ansichtig wurde, den Melissa gerade im Begriff gewesen war zu würfeln.

„Quatsch, das wird Gulasch. Für Hundefutter wäre das viel zu schade", erwiderte Melissa.

„So viel?" Anklagend deutete Frau Perkoweit auf den durchaus beachtlichen Berg.

„Ich froste was ein. Mein Mann liebt Gulasch, vor allem so wie ich ihn mache. Ich kann ihnen gern mal das Rezept geben, wenn Sie möchten." Melissa wollte wieder ein bisschen Schönwetter machen bei der alten Dame. Die schüttelte aber nur unwillig ihre dauergewellten Haare.

Dann verließ sie die Küche und machte sich, von Melissa gefolgt, auf den Weg ins Wohnzimmer, wo sie zunächst nichts Verdächtiges entdecken konnte. Plötzlich aber stutzte sie.

„Was ist das?" Sie deutete auf einen kleinen Beistelltisch, der hinter dem Sofa stand. „Kratzspuren, oder etwa nicht."

Melissa zögerte, wie ihr selbst schien, einen Augenblick zu lang, ehe sie entgegnete: „Den haben wir auf dem Flohmarkt gekauft. Der war schon so." Dann schob sie hastig nach: „Eigentlich wollten wir ihn auch schon lange entsorgen, aber weil es eines von den Teilen ist, die wir gekauft haben, als wir frisch verliebt waren, konnten wir uns bisher nicht davon trennen. Haben Sie keine Stücke in Ihrer Wohnung, an denen Sie einfach nur aus Nostalgie hängen?“

„Nein“, sagte Frau Perkoweit rigoros, „ich bin nicht sentimental. Habe alles weggeschmissen, was meinem Seligen gehört hatte, als er unter der Erde war.“

‚Der Glückliche‘, dachte Melissa und atmete hörbar aus.

Die Vermieterin war wieder aus dem Wohnzimmer verschwunden, und im Begriff das Schlafzimmer zu betreten.

„Da hört sich aber nun alles auf“, rief Melissa hinter ihr her. „Sie wollen doch wohl nicht in unser Schlafzimmer. Das geht Sie nichts an.“

Frau Perkoweit zögerte. Natürlich wollte Sie auch dieses Zimmer sehen, aber sie wollte auch die Werners nicht allzu sehr vergrämen. Immerhin waren sie bis auf das gelegentliche Heulen stille Mieter und zahlten immer pünktlich. In der Wohnung sah es auch nicht so aus, als ob das Messies oder etwas Derartiges wären. Vielleicht sollte sie im Moment Gnade vor Recht ergehen lassen. Aber wenn sie die Werners mit einem Hund erwischte, war der Bart ab. Dann war eine Kündigung fällig.

„Also gut, ich gehe“, sagte sie dann, „aber ich warne Sie hiermit nochmals: Keine Haustiere in der Wohnung oder sie werden fristlos gekündigt.“

Melissa atmete auf, als sie sah, dass die Vermieterin sich auf den Weg zur Wohnungstür machte, ohne noch einmal ins Schlafzimmer zu sehen. Dort lag schließlich so eines von diesen Hundesofas neben Bernds Bett. Gar nicht auszudenken, auf was für Ideen das die Alte gebracht hätte.

Am Abend erzählte Melissa Werner ihrem Mann Bernd von dem unliebsamen Besuch ihrer Vermieterin. Sie saßen gemütlich bei einem Glas Wein auf der Couch. Bernd hatte ihr gerade den neusten Büroklatsch aus seiner Firma erzählt und dann gefragt, wie ihr Tag gewesen war. Da war es aus ihr herausgeplatzt. „Die Perkoweit war da. Sie denkt, wir hätten einen Hund."

Bernd hatte gelacht. „Wenn's weiter nichts ist", sagte er dann.

„Sie ist durch unsere Wohnung spaziert und wäre beinahe ins Schlafzimmer gegangen. Ich konnte sie gerade noch bremsen."

„Ja, das wäre ein bisschen heikel geworden", stimmte Bernd nickend zu. „Aber was will man machen, die Alte steckt nun mal ihre Nase in Alles."

„Du kannst sie dir doch mal vornehmen", sagte Melissa.

„Klingt nicht gut, wie du das sagst", antwortete Bernd. „So als wäre ich einer von der Mafia, der sich einen unliebsamen Mitwisser vornimmt. Du weißt, dass ich meine Prinzipien habe. Ich nehme an, sonst hättest du mich auch gar nicht geheiratet."

„Ja, mein Lieber, guter Junge", sagte Melissa und streichelte behutsam über Bernds Haar. „Aber es muss doch einen Weg geben, diese neugierige Xanthippe in die Schranken zu weisen, dass sie nicht dauernd bei uns aufkreuzt, um den imaginären Hund zu suchen."

„Ich kann mit ihr REDEN, ja, aber mehr nicht." Bernd schaute Melissa streng an.

„Ich verstehe dich", nickte diese. „Ich verstehe dich so gut." Dann kuschelte sie sich in seine Arme und spürte die Wärme seines Körpers und lauschte dem Pochen seines Herzens und war für einige Augenblicke einfach nur glücklich seine Frau zu sein.

„Wir sollten Kinder haben", sprach sie in die Nähe seines Schlüsselbeins hinein.

Bernd runzelte die Stirn. „Haben wir das nicht schon vor unserer Hochzeit besprochen", erwiderte er etwas unwillig. Dann wurde sein Ausdruck wieder milde. „Ich weiß ja, dass es schwer ist mit mir, aber das musst du doch von Anfang an gewusst haben."

„Ja, mein Lieber, ja, aber manchmal wünschte ich doch, wir wären eine normale Familie."

„Aber das sind wir. So normal wie nur möglich, nur ohne Kinder und Haustiere."

Melissa schmiegte sich noch enger an Bernd. Es gab vorerst nichts mehr zu sagen.

Zwei Wochen später lag Frau Perkoweit in der Nacht wach. Sie hatte immer Probleme mit dem Einschlafen, wenn der Mond nahezu voll am Nachthimmel stand. Das hatte nichts Esoterisches an sich, das wusste sie. Es war einfach eine Sache des Alters. Man benötigte weniger Schlaf und wenn der Mond dann auch noch wie ein Scheinwerfer am Himmel leuchtete, war es besonders schwer, Schlaf zu finden.

Außerdem waren die Werners in ihrem Schlafzimmer zugange. Ganz deutlich hörte man das Stöhnen und Ächzen von ihr. Man sah es Herrn Werner gar nicht an. Frau Perkoweit fand, er hatte zu wenig Haare am Körper für einen richtigen Mann. Die neue Mode, nach der sich Männer auch von Kopf bis Fuß rasierten, war so gar nicht Frau Perkoweits Geschmack. Ein Mann musste Haare auf der Brust haben. Aber wenn man das Paar da agieren hörte, stellte Frau Perkoweit fest, musste Herr Werner durchaus ein richtiger Mann sein.

Da, jetzt ging es bei ihr richtig los, stellte Frau Perkoweit fest. Sie kicherte wie ein junges Mädchen. Konnten die zwei sich nicht vorstellen, dass sie das alles hier unter mitbekam. Ein bisschen wehmütig dachte sie an ihren verblichenen Erwin. Der war nicht so ein standhafter Geselle gewesen wie Bernd Werner.

Dann stutzte Frau Perkoweit. Jetzt hörte sie wieder dieses Heulen. Das war doch ein Hund! Hielten die sich doch einen Köter im Schlafzimmer, der von dem Getobe wachgeworden war?! Frau Perkoweit war durchaus nicht intolerant. Die beiden konnten da oben im Schlafzimmer zu zweit Orgien feiern so viel sie wollten, aber Viehzeug wollte sie nicht in ihrem Haus. Tiere machten Dreck und verwüsteten das Haus. Sie wollte schon aufstehen und hoch gehen, aber dann überlegte sie es sich doch anders. Man konnte es ihr übel auslegen, wenn sie gerade jetzt da oben auftauchte.

Sie musste mal einen Anwalt konsultieren, was da zu tun wäre.

Inzwischen waren sowohl die Lustschreie von Frau Werner als auch das Hundegeheul verstummt. Ruhe war in der Wohnung über ihr eingekehrt, nur der Mond schien nach wie vor hell vor dem Fenster ihres Schlafzimmers. Trotzdem dämmerte Frau Perkoweit langsam in den Schlaf hinüber.

Zwei Tage später etwa zur gleichen Stunde erhielt Frau Perkoweit Besuch. Der Besuch war weder angekündigt, noch erwünscht. Die beiden Männer, die ins Wohnzimmer traten, hatten sich mittels eines Glasschneiders zutritt über die Terrassentür verschafft. Sie waren beide in dunkle Trainingsanzüge gehüllt und verdeckten ihre Gesichter mit schwarzen Sturmhauben. Von der Statur her hätten es die Klitschko-Brüder sein können oder zwei andere Boxer mit weniger Erfolg im Geschäft, die es daher nötig hatten, nachts in fremde Wohnungen einzusteigen.

Zunächst sahen sich die Männer im Licht ihrer *Maglites* nur um, dann begannen sie die Schranktüren und Schubfächer auf der Suche nach etwas Wertvollem zu öffnen. Der Erfolg war nicht besonders groß. Schließlich kamen sie offenbar zu der Erkenntnis, dass sie bei ihrer Suche Hilfe benötigen würden. Also durchkämmten sie die Wohnung nach den Wohnungseigentümern und fanden Frau Perkoweit aufrecht im Bett sitzend. Diese hatte die verdächtigen Geräusche schon bemerkt und war unschlüssig gewesen, ob sie aufstehen und nachsehen sollte oder sich besser ruhig verhielt. Jetzt erwiesen sich all diese Gedanken als überflüssig.

„Aufstehen", kommandierte der etwas größere der beiden Einbrecher.

Frau Perkoweit krallte sich stattdessen an ihrer Bettdecke fest und schüttelte nur den Kopf. Da packte der Mann ihren linken Arm mit harter Hand und erneuerte seinen Befehl: „Aufstehen habe isch gesagt." Er sagte „isch" statt „ich" und auch sonst klang sein Akzent osteuropäisch (‚Russen', dachte die Perkoweit), aber das konnte auch gut verstellt sein.

Der Einbrecher zerrte Frau Perkoweit, deren Blicke ängstlich von einem zum anderen der beiden Männer flogen, grob aus dem Bett.

„Geld zeigen, los", lautete das nächste Kommando und der Mann, der Frau Perkoweit am Arm hielt, zerrte sie ein Stück mit sich mit bis in den Korridor. Die war noch immer nicht in der Lage auch nur einen Laut von sich zu geben, so sehr war ihr der Schreck in die Glieder gefahren.

Als man sie schließlich ins Wohnzimmer gezogen und gestoßen hatte, fand sie endlich ihre Sprache wieder. „Was wollen Sie von mir?", wimmerte sie.

„Geld, Schmuck, schnell", war die Antwort. Völlig unvermittelt wurde sie einen Moment später heftig ins Gesicht geschlagen. Ihr Kopf wurde von zwei kräftigen Schlägen erst nach rechts und dann nach links geworfen. Reflexartig entwich ein gellender Schrei ihrer Kehle.

„Still, sonst tot", wurde ihr befohlen. „Geld zeigen, schnell!"

Tränen rannen über Frau Perkoweits Gesicht als sie mit unbestimmter Geste auf den hinteren Teil des Wohnzimmerschranks deutete.

„Wo?" Die Stimme des Angreifers wurde lauter.

„Untere Tür, da ist eine Kassette drin", brachte Frau Perkoweit hervor.

„Hinsetzen", meldete sich jetzt auch der andere Einbrecher zu Wort. Er packte Frau Perkoweit gleichzeitig und drückte sie in ihren Lieblingssessel, der ihr im Augenblick überhaupt nicht mehr behaglich erschien.

Sein Kumpan machte sich inzwischen am Schrank zu schaffen. Er zerrte die schwere Geldkassette aus dem Fach und warf dabei eine Vase um, die neben dieser gestanden hatte. Klirrend zerbrach das gute Stück auf dem Parkettboden.

„Da, hörst du denn nichts", Melissa Werner saß aufrecht im Bett und starrte konzentriert in die Dunkelheit des Schlafzimmers.

„Doch“, brummelte ihr Mann, „aber das kam von unten. Das ist nicht bei uns.“

„Wie kannst du da so sicher sein?“

„Du weißt doch, dass ich ein gutes Gehör habe“, erwiderte Bernd.

„Dann kam wohl dieser Schrei auch von unten. Erst dachte ich, ich hätte geträumt.“

„Nein, Schatz, du hast nicht geträumt. Aber vielleicht die alte Perkoweit und die hat im Schlaf geschrien.“

„Das glaube ich nicht, hat die noch nie gemacht. Und jetzt dieses Geklirr. Da stimmt was nicht. Kannst du nicht mal nachsehen, was da los ist.“ Melissa sah ihren Mann ein bisschen furchtsam an.

„Sorgst du dich plötzlich um die alte Klatschbase?“, fragte Bernd. „Soll ich etwa mitten in der Nacht bei ihr klingeln?“

„Du kannst doch durch die Terrassentür schauen, ob du was Verdächtiges siehst“, erwiderte seine Frau und guckte bittend wie ein junger Hund.

„Bei diesem Mondlicht? Da können wir schon mal den Möbelwagen bestellen.“

Genau in diesem Moment war ein einzelner gellender Hilfeschrei zu vernehmen. Frau Werners Augen weiteten sich und Bestürzung machte sich auf ihrem Gesicht breit.

„Das können wir nicht zulassen", sagte sie dann. „Da tut jemand der alten Frau was an."

Ihr Mann atmete kräftig aus, schlug die Bettdecke zurück, schwang die Beine aus dem Bett und sagte gepresst. „Na gut, ich gehe ja. Such du schon mal die Koffer raus."

Der kleinere, schweigsame der beiden Einbrecher stand hinter Frau Perkoweit und hielt ihr noch immer das Messer an die Kehle, dass er gezückt hatte, als die Alte nicht damit heraus wollte, wo ihr Schmuck war. „Keinen Mucks, sonst tot", zischte er in ihr Ohr.

Frau Perkoweit war erstarrt. Sie spürte den kalten Stahl an ihrem Hals, aber nicht das allein flößte ihr plötzlich Furcht ein. Sie hatte im hellen Mondlicht auf der Terrasse etwas gesehen, was ihr das Blut in den Adern gefrieren ließ. Dort stand ein riesiger, grauer Hund mit geifernden Lefzen und starrte in das Wohnzimmer hinein. Frau Perkoweit war nicht einmal sicher, ob das überhaupt ein Hund war. Das Tier hatte die typischen Formen eines Schäferhundes, allerdings war dieser proportional nahezu auf die Größe eines Bären vergrößert. Und dieses Monstrum starrte direkt in ihr Wohnzimmer und geiferte.

„Also, alte Frau, Schmuck, wo ist verdammter Schmuck?“, fragte der eine der beiden Verbrecher nochmals und gleichzeitig verstärkte sein Kumpan leicht den Druck mit dem Messer. Frau Perkoweit schluckte, um einen Kloß aus dem Hals zu bringen und endlich zu antworten, ehe der mit dem Messer ernst machte.

Das monströse Vieh, stellte sie gleichzeitig fest, was inzwischen aus ihrem Blickfeld verschwunden. Vielleicht hatte sie sich in ihrer Panik nur etwas eingebildet.

„Schmuck ist im Schlafzimmer“, brachte sie mühevoll hervor.

„Gut, warum erst Theater?", kommentierte der Fragesteller und wollte sich in Richtung Schlafzimmer auf Weg machen. In diesem Augenblick brach die Hölle los.

Es klirrte und mit einem einzigen gewaltigen Schlag zerbrach die Scheibe der Terrassentür. Durch die Scheibe brach das gewaltige Hundevieh, das Frau Perkoweit kurz aus den Augen verloren hatte. Jetzt wusste sie warum. Dieses Tier hatte Anlauf genommen. Das war mehr Überlegung als Frau Perkoweit einem Hund, selbst einem solch riesigen, zugetraut hätte.

„Was das?", brüllte der Einbrecher, der hinter Frau Perkoweit gestanden hatte. Er ließ mit dem Messer von der alten Frau ab, um sich um den großen Hund zu kümmern, der gerade die Szenerie sehr wirkungsvoll betreten hatte.

Der seinerseits gab ein tiefes, kollerndes Knurren von sich und bleckte die Zähne. Ein beeindruckendes, wenn nicht erschreckendes Gebiss wurde sichtbar. Er starrte den Mann mit dem Messer mit feurigen Augen an, fixierte ihn regelrecht mit dem Blick. Doch dieser zeigte eher Zorn als Angst. Er fühlte sich bei seiner Arbeit gestört. Er hielt das Messer vor sich wie bei einem Straßenkampf und konzentrierte sich auf den tierischen Gegner, bereit zu reagieren, wenn dieser angriff.

Und dieser Angriff kam. Wie von einer starken Feder vorgeschnellt sprang der gewaltige Hundeartige nach vorn auf den Bewaffneten zu. Seine Vorderpfoten trafen ihn links und rechts unterhalb der Schultern und durch den Schwung und die Kraft, mit der dieser Sprung erfolgt war, riss es den Mann zu Boden. Noch im Fallen stieß er dem Tier zweimal das Messer in die Flanke, doch schien das Vieh die Verletzungen gar nicht wahrzunehmen.

Frau Perkoweit saß noch immer in ihrem Lieblingssessel und starrte auf die Szenerie, die ihr wie ein böser Traum erschien. Waren die Einbrecher bereits eine üble Überraschung gewesen, dieses Monstrum von einem Hund stellte alles in den Schatten. „Oh, mein Gott, oh, mein

Gott“, jammerte die alte Frau und versuchte sich aufzurichten, um die Flucht ergreifen zu können. Einbrecher und Hund lagen aber praktisch direkt vor ihren Füßen und sie hätte über beide hinwegspringen müssen, um von dort wegzukommen, wo sie saß.

Der andere Verbrecher war unschlüssig, ob er seinem Kumpan zu Hilfe eilen sollte. Er war selbst unbewaffnet, aber er rechnete sich viel auf die Kraft seiner Fäuste an. Als er sah, dass dieses Tier trotz weiterer Messerstiche in seine Flanken sich auf die Kehle seines Kumpans stürzte, trat er an das kämpfende Bündel aus Mensch und Tier heran, legte beide Hände ineinander und schlug mit dieser Keule aus beiden Armen direkt gegen den Kopf des Ungetüms.

Der Schädel des Tieres flog kurz zur Seite. Dann knurrte der Hund wieder, wandte den Kopf zu der Seite um, von der er plötzlich attackiert worden war und schnappte zu. Man hörte die Knochen knacken, als er beide Unterarme des zweiten Einbrechers durchbiss. Das Opfer dieses Angriffs schrie in höchster Verzweiflung auf. Der Hund schleuderte mit geschlossenen Kiefern den Kopf wieder zu seinem ersten Opfer herum und zerrte so an den Armen des anderen. Man hörte ein reißendes Geräusch und Blut sprudelte aus den abgetrennten Unterarmen des Mannes hervor, der jetzt verstümmelt auf dem Boden herumkroch und lauthals schrie.

Frau Perkoweit konnte es nicht glauben. Ihr Teppich, ihr guter Teppich. Sie hatte es ja immer gewusst. Tiere machten nur Dreck und Ärger. Dieses Riesenvieh war nicht anders.

Der schwer verletzte Einbrecher wälzte sich auf den Rücken und versuchte, irgendwie wieder auf die Beine zu kommen. Sein Kumpan lag noch immer unter dem riesigen Hund und stach wie von Sinnen mit dem Messer auf diesen ein, ohne dass der eine sichtbare Reaktion zeigte. Schließlich reichte es dem Tier. Es schnappte nach der Kehle des Kerls unter ihm und zerfetzte sie ohne Probleme. Blut sprudelte aus der Halsschlagader des

Einbrechers, der ein paar Mal hilflos zuckte, ehe das Leben vollständig aus ihm gewichen war.

Der große Hund knurrte noch einmal, dann richtete er sich auf und sah Frau Perkoweit an. Der kam es so vor, als wäre der Blick des Köters plötzlich traurig, eher verzweifelt als angriffslustig.

Der zweite Einbrecher war inzwischen ebenfalls tot. Er lag auf dem Rücken wie ein verendeter Käfer.

Der Hund zog sich langsam rückwärts von dem Platz vor Frau Perkoweits Sessel zurück, diese dabei immer im Blick behaltend. Ein bisschen Blut tröpfelte aus den Wunden in seiner Flanke, die sich schon wieder schlossen.

Plötzlich läutete es an der Wohnungstür. Frau Perkoweit starrte in Richtung Korridor, wagte es aber nicht, sich zu erheben. In diesem Moment ließ sich der Hund auf seine Hinterläufe sinken, hob den Kopf und stimmte ein durchdringendes Geheul an.

‚Wolfsgeheul', ging Frau Perkoweit durch den Kopf. War das ein Wolf? Aber selbst Wölfe wurden doch nicht so groß. Sie hatte mal einen Filmbericht über Wölfe in der Lausitz gesehen. Die wurden nicht größer als normale Schäferhunde und mieden den Menschen. Jedenfalls wurde das in diesem Film so dargestellt.

Es läutete erneut, der Wolfshund heulte wieder und endlich schaffte es Frau Perkoweit, sich zu erheben. Sie stieg erst über die eine, dann über die andere Leiche hinweg und ging auf Beinen wie Pudding zu Tür. Durch den Spion sah sie Frau Werner dort stehen. Sie war im Nachthemd und hatte sich einen Morgenmantel übergestreift. Sie war allein.

‚Toller Held', dachte Frau Perkoweit, ‚schickt bei dem Tumult seine Frau.' Dann öffnete sie langsam die Tür und schaute hinaus.

„Darf ich reinkommen", sagte Melissa Werner und schob ohne Zögern Frau Perkoweit zur Seite, die viel zu schwach war, um Widerstand zu leisten. „Danke", sagte Melissa als sie im Korridor stand.

Forsch ging sie ins Wohnzimmer, sah die beiden Leichen und stellte sehr sachlich fest: „Schöne

Sauerei!" Dann sah sie den Monsterhund an, schüttelte den Kopf und brummte: „Böser Junge."

„Ich wusste doch, sie haben einen Hund", keifte Frau Perkoweit, die hinter Melissa hergekommen war und an der Tür zum Wohnzimmer stand.

„Nein", erwiderte Melissa ruhig, „ich habe noch immer keinen Hund. Ich habe einen Lykanthropen geheiratet. Das ist die Wahrheit."

„Was soll das sein?" Frau Perkoweit verstand nicht, was Frau Werner ihr sagen wollte.

Melissa zeigte auf das Riesentier von Hund, dass vor der zerbrochenen Terrassentür saß und sagte: „Das ist kein Hund, das ist mein Mann. Er ist ein Lykanthrop, ein Werwolf."

„Werwolf?", kreischte Frau Perkoweit. „Haben Sie tatsächlich die Stirn mir diesen Unsinn aufzutischen."

Resigniert zuckte Melissa mit den Achsel, wandte sich zu dem Tier um und sagte: „Bernd, zeig es ihr."

Es dauerte nur wenige Sekunden, dann ging eine seltsame Veränderung mit dem riesigen Tier vor sich. Als erstes schien es, als würde sich dessen Behaarung in den Körper zurückziehen. Dann wurde die Schnauze flacher. Gleichzeitig schrumpfte der Brustkorb, die Vorderläufe streckten sich und an Stelle der Pfoten entwickelten sich Hände. Nach etwa einer Minute stand der unbekleidete, ziemlich haarlose Bernd Werner im Wohnzimmer von Frau Perkoweit und sah betreten auf die beiden Leichen.

Frau Perkoweit wollte etwas sagen. Sie öffnete den Mund, sie schloss ihn wieder, und öffnete ihn erneut. Noch immer kam kein Laut über ihre Lippen. Herr Werner hatte sich einen Schal der Übergardine genommen, um seine Blöße zu bedecken.

„Wir müssen diese Leichen entsorgen“, stellte Melissa Werner fest.

„Die Polizei“, sagte Frau Perkoweit und starrte dabei weiterhin Herrn Werner an. „Wir müssen die Polizei benachrichtigen.“

„Ach“, sagte Frau Werner, „und was wollen Sie denen erzählen?“

„Die Wahrheit“, erwiderte Frau Perkoweit. „Dass hier zwei Einbrecher aufgekreuzt sind. Dass die Situation eskaliert ist, einer mich mit dem Messer bedroht hat und dann ihr Mann kam und mich gerettet hat.“

„Ach, und die Bissspuren?“

„Na, ihr Mann war doch ein Werwolf.“

„Sind Sie sicher, dass Sie das der Polizei sagen wollen?“ Melissas Stimme klang ein wenig ironisch. „Die werden ihnen bestimmt glauben. Keineswegs wird man Sie ins Irrenhaus schaffen, weil Sie zwei Männer mit bloßen Zähnen und Klauen getötet und dann von einem Werwolf gefaselt haben.“

Frau Perkoweit stand wie festgefroren.

„Aber Sie haben doch gesagt ...“, presste sie schließlich hervor, „ich habe doch selbst gesehen ...“

„Das glaubt ihnen außer mir kein Mensch. Aber ich habe eine bessere Idee. Wir schaffen diese Leichen in den Garten und vergraben sie. Keiner wird zwei Einbrecher vermissen. Und selbst wenn, die werden kaum herausposaunt haben, wo sie ihren nächsten Bruch planen. Außerdem muss ihr

Teppich gereinigt werden. Und schließlich müssen wir alle vergessen, was heute hier passiert ist. Ist das klar?“ Melissa sah Frau Perkoweit scharf an.

„Klar“, antwortete diese resignierend.

Frau Perkoweit fügte sich in ihr Schicksal, das sie plötzlich mit den Werners verband, nachdem sie gemeinsam die Leichen der beiden Männer hatten verschwinden lassen.

Bei der Polizei stellte man fest, dass eine Einbruchsserie in der Stadt plötzlich endete und man nahm an, die Verbrecher hätten ihr Tätigkeitsfeld verlegt.

Und Frau Werner fuhr ihrem Mann noch immer durch das Haar und sagte: „Guter Junge.“

Rechtschreibprüfung

Ich widme diese Geschichte Simone Kaplan, ohne die sie niemals geschrieben worden wäre.

§1 Die meisten Rechtschreibfehler in dieser Geschichte sind Absicht.

§2 Für Rechtschreibfehler die nicht Absicht sind, tritt automatisch Pahragraff 1 in Kraft.

‚Mein Gott, zwanzig Jahre', staunte Gerald und sah wieder zu dem alten Mann hinüber, der sich gerade mit einem Bier versorgte. Der alte Mann hatte sich nicht wirklich verändert, seit er ihn zuletzt gesehen hatte. An ihm waren die vergangenen zwanzig Jahre fast spurlos vorüber gegangen. Das lag allerdings daran, dass er damals schon so alt ausgesehen hatte, wie er heute war. Gerald dagegen hatte sich seit seinen Studententagen doch merklich verändert, er hatte seine Haare verloren und dafür einen Bauch von beachtlichem Umfang bekommen. Manchmal hatte er ein nervöses Zucken im linken Lid und mit seinen Bandscheiben stand es auch nicht zum Besten. Er war dem alten Mann vor zwei Wochen in einer Einkaufspassage begegnet, und hatte ihn auf Anhieb wiedererkannt. Das war nicht so verwunderlich wie die Tatsache, dass sich auch der alte Mann sofort an ihn erinnern konnte.

„Na, triffst du auch deine alten Kumpels noch hin und wieder?“, hatte er nach einer kurzen Begrüßung gefragt.

„Selten“, hatte Gerald ausweichend geantwortet. Aber es stimmte ja, Martin sah er ein, zwei Mal im Jahr, der besuchte ihn dann mit Frau, und ebenso oft telefonierte er mit Frank, der nach Aachen in den äußersten Westen gezogen war. Heike war inzwischen verheiratet und auch wieder geschieden und hatte zwei Kinder. Und Anke, tja Anke ... Gerald wusste absolut nicht, wohin es die verschlagen hatte, was sie heute so trieb, ob sie einen Mann fürs Leben gefunden und vielleicht Kinder hatte.

„Ihr solltet euch mal wieder treffen, ich komme dann dazu und es ist wieder wie früher“, hatte der alte Mann gesagt. „Das heißt, wenn du immer noch bereit bist, einem alten Schnorrer für eine gute Geschichte ein Bier zu spendieren."

Gerald hatte ein bisschen herumgedruckst. Tatsache war, dass er selbst nicht wusste, ob er das noch wollte. Er war kein Student mehr. Er war Geschäftsführer einer kleinen Firma, die sich auf Apothekensoftware spezialisiert hatte. Dadurch kam er natürlich nicht mehr dazu, auch noch eine Programmzeile selbst zu schreiben, aber er lebte gut und hatte heute ein eigenes Haus im Norden der Stadt mit Blick auf den Fluss.

„Überleg 's dir", hatte der alte Mann gesagt und zu Geralds Überraschung hinzugefügt, „ich gebe dir meine Handynummer. Ruf mich an, wenn ich vorbeikommen soll." Der alte Mann und ein Handy, das passte zusammen wie der Papst und Unzucht, aber die Zeiten hatten sich geändert.

Gerald hatte genickt, „Okay, ich ruf an", gemurmelt und dann die Handynummer in seinem Smartphone gespeichert.

Zwei Tage später hatte dann überraschend Frank angerufen und gefragt, ob er mal auf Besuch kommen könnte. Im Verlauf des Gesprächs war dann herausgekommen, dass Frank sich scheiden lassen und wieder in den Osten ziehen wollte.

Gerald seinerseits war in sich gegangen und hatte festgestellt, dass er genau das in seinem Leben heute vermisste, wofür diese Abende und Nächte mit dem alten Mann standen: Unabhängigkeit, Freiheit der Gedanken und ein bisschen Verrücktheit.

Und so saßen sie nun alle wieder zusammen in Geralds großem Wohnzimmer, alle bis auf Anke.

„Ich freue mich, dass ihr alle wohlauf seid", sagte der alte Mann, nahm einen großen Schluck Bier und wischte sich den Schaum vom Mund. Heutzutage tranken sie nicht mehr aus Flaschen, auch der Alte hatte ein Glas vor sich stehen. „Ich denke, ihr seid immer noch wild auf Geschichten", sagte der Alte dann. „Ich sehe es in euren Augen. Habe ich Recht?"

Heike nickte. Frank hob sein Glas und toastete dem alten Mann zu.

„Ich bin ein Junkie, wenn es um gute Geschichten geht", sagte Gerald, „heute wie damals."

„Gibt heute genug schlechte Geschichten", brummte Martin. „Ich habe so einen eBook-Reader, aber was einem da so für sein Geld geboten wird, kann einem die Haare zu Berge stehen lassen."

„Na so was", wunderte sich der alte Mann. „Das passt ja. Ich hab' da was von einem Autor gehört, der solche elektronischen Bücher veröffentlicht hat. Ist ihm aber nicht gut bekommen. Ich habe ja Glück, ich erzähle Geschichten ja bloß. Da muss ich nicht auf die Rechtschreibung achten. Aber als Autor sollte man das schon, sonst geht's einem schlecht."

„Naja, vielleicht wird man verrissen, aber schlecht ergehen ist doch wohl zu arg ausgedrückt", erwiderte Martin. „Manche Möchtegernautoren kümmert das gar nicht."

„Da werde ich euch mal von Stefan Bauer erzählen", sagte der alte Mann. „Das war jedenfalls sein Pseudonym. Ich fange an wie immer: Es war einmal ..."

Es war einmal ein Autor, der sich Stefan Bauer nannte. War ein raffiniertes Pseudonym fand er. Er schrieb Thriller und sein großes Vorbild war Stephen King. Aber sich einfach Stefan König zu nennen, das war ihm dann doch zu primitiv. Und es wäre auch größenwahnsinnig gewesen. Bauer, ja, Bauer passte besser, er war nur ein kleines Licht und blickte zum König auf, sich vor diesem verneigend.

Stefan Bauer lebte allein. Er hatte ein paar Freunde, mit denen er sich hin und wieder auf ein Bier traf, aber mit Frauen war nicht viel los in seinem Leben. Das Schreiben kostete ihn einfach zu viel Zeit, als dass er sich eine feste Bindung erlauben konnte. Wenn er erst berühmt wäre, ja, dann ...

Aber bis dahin blieb es bei ein paar One-Night-Stands. Einmal hatte er eine Freundin über eine längere Zeit gehabt. Aber dann hatte er ihr eines

Tages eines seiner Bücher zum Lesen gegeben, weil sie ihn förmlich bekniet hatte. Sie hatte irgendwann begonnen, schallend zu lachen und dann immer lauter gelacht, je länger sie las. Da war es vorbei gewesen mit ihrer Beziehung. Stefan hatte sie rausgeschmissen, ja, so war das gelaufen.

An dem Tag, da diese Geschichte beginnt, hatte er gerade wieder einen Roman fertig. War der dritte in diesem Jahr und es war erst November. Naja, Roman war für die 120 Seiten vielleicht ein bisschen hochgestochen, aber es war eine nette Geschichte, fand Stefan. Es ging um einen Lektor, der Schriftsteller umbrachte. Er war ein eiskalter Killer. Suchte sich seine Opfer unter den Autoren, die seinem Verlag ungefragt Manuskripte zuschickten. Stefan Bauer hatte sich nicht die Mühe gemacht darüber nachzugrübeln, warum sein Antiheld seine blutige Spur zog und dann ausgerechnet bei seinen Kunden sozusagen. Solche Begründungen zu finden, war seine Sache nicht. Dexter, der Killer hieß Dexter, tat einfach was er tat, damit es im

Buch voranging und ausreichend Leichen pro Seite vorhanden waren.

Die Geschichte spielte in den USA. Stefan kannte sich im Verlagsgeschäft in Amerika zwar nicht aus, aber ein guter Thriller musste in den USA spielen. Er hatte in seinem Bücherschrank ein paar Bücher von einem Verlag stehen, der *Penguin Books* hieß und weil Stefan keinen Ärger mit einem echten Verlag haben wollte (welcher Verlag wollte schon mit einem mörderischen Lektor in Verbindung gebracht werden), nannte er den Arbeitgeber von Dexter einfach Pinguin Boks. Würde doch keinem auffallen, dass ein amerikanischer Verlag das deutsche Wort Pinguin im Namen führte.

Stefan war zufrieden. Das würde endlich der Durchbruch werden, auf den er schon so lange wartete. Er las erneut den Schluss seines Werkes und stutzte kurz. Er war sich plötzlich nicht mehr sicher, ob es wirklich Lhegasteni hieß. Aber wer von seinen Lesern würde so ein Wort kennen?

Wenn er an seine Leser dachte, oder eine spezielle Gruppe dieser Leute, konnte er nahezu eine solche Mordlust in sich fühlen, wie er sie Dexter angedichtet hatte. Diese Kritikkaster (oder Kritikaster?), die sich in Rezensionen (oder hieß es Rezessionen?) über jedes Komma ausließen, das er ausließ, aber permanent die Großschreibung ignorierten, keinen ganzen Satz mit Subjekt-Prädikat-Objekt zustande brachten und auch sonst kaum ihren Namen richtig schreiben konnten. Er hasste sie. Er hasste sie von ganzem Herzen. Aber diesmal würde er auch die zufriedenstellen. Er würde sein Buch noch einmal gründlich lesen. Morgen und übermorgen. Dann konnte er die wenigen Fehler korrigieren, die er noch fand und spätestens am Sonntag das Werk online stellen. Das war ein guter Plan.

Stefan drückte auf ‚speichern', wartete bis sein Laptop die Arbeit beendet hatte, und fuhr diesen dann runter. Als er aufstand, dachte er an die beiden anderen Bücher, die er in diesem Jahr bereits veröffentlich hatte. „Kassandra – der Tod wird dich finden" hieß das Frühjahrswerk und im Sommer hatte er „Bingo – nach dem Gewinn kommt der

Tod“ herausgebracht. Sein neues Werk hatte er erst einfach „Der Lektor“ nennen wollen, aber das riss wohl keinen vom Hocker und dann war ihm „Dexter – Das Lektorat des Todes“ eingefallen. Ein geiler Titel, einfach perfekt.

An den nächsten beiden Tagen war Stefan mit Korrekturlesen beschäftigt. Weil ihn das nicht ausfüllte, nutzte er die Nachmittage um sich im Keller ein Weinregal zusammenzuzimmern. Er hatte sich die Nagelpistole vor einem Monat von seinem Freund Bernd ausgeliehen, war aber über seine Schreibarbeit nicht dazu gekommen. Jetzt, so stellte er fest, war die richtige Zeit. Am Montag nach der Veröffentlichung konnte er dann auch ein paar Flaschen kaufen, um den Erfolg später feiern zu können.

Am dritten Tag hatte er, wie er sich vorgenommen hatte, die Korrektur seines Werkes abgeschlossen. Er war gerade dabei sein Buch bei einem Selfpublishing-Service hochzuladen, als es an der Wohnungstür läutete. Stefan schob den Stuhl zurück und ging zur Tür. Wer wollte denn an einem

Sonntagvormittag was von ihm? Wenn er sein neuestes Werk ausgiebig gefeiert hätte, könnten sich vielleicht die Nachbarn beschweren, aber er war ja eher ein stiller Genießer.

Stefan ging zur Tür, öffnete und glotzte. Draußen stand ein Schrank. Nicht wirklich ein Schrank, nein, aber der Kerl da vor der Tür war breit wie ein Schrank, hoch wie ein Schrank und hatte ein Gesicht wie aus einem Kiefernholzblock herausgemeißelt. Kantige Formen wohin man sah. Als Stefan sich wieder ein bisschen gefangen hatte, fragte er: „Sie wünschen?"

„Erkennst mich nicht, was", raunzte der Kantige.

„Nein", antwortete Stefan wahrheitsgemäß. „Ich kann mich auch nicht erinnern, ihnen schon begegnet zu sein. Also, was wollen Sie?"

„Ich komme wegen der Rechtschreibprüfung", erwiderte der Fremde und Stefan glotzte ihn verdattert an.

„Sie kommen wegen was?", fragte er.

„Weswegen", verbesserte ihn sein Gegenüber, „deshalb auch, ja, und wegen der Rechtschreibung. Dir werde ich helfen."

Stefan stand noch immer unschlüssig an der offenen Tür, aber langsam kam ihm die Erkenntnis, dass er es wohl mit einem Irren zu tun hatte. Er wollte dem schrankförmigen Mann gerade die Tür vor der Nase zuschlagen, doch kam er nicht mehr dazu. Just in diesem Moment streckte der Mann seine Linke vor, schob die Tür fast ohne jede Gegenwehr wieder vollständig auf und drängte sich an Stefan vorbei in den Korridor.

„Ich bin Dexter", sagte er dann und drehte sich gleichzeitig zu Stefan um.

Der glotzte ungläubig sein Gegenüber an, dann stellte er fest, dass er jetzt zum dritten Mal hintereinander glotzte und dachte sich, dass er dringend einen anderen Blick verwenden sollte, oder der Typ, der an seinem Leben schrieb, brauchte mal ein Synonym. Er starrte mit weit aufgerissenen Augen auf den Fremden, öffnete und schloss ein paarmal den Mund wie ein Fisch auf dem Trocknen, dann hatte er sich endlich gefangen.

„Sie können nicht Dexter sein", sagte er schließlich ein bisschen kraftlos. „Dexter ist nur eine Romanfigur. Ich weiß nicht wer sie sind, aber ich werde jetzt die Polizei rufen."

Der Mann, der sich Dexter nannte, trat kurz gegen die Tür, damit diese zufiel, dann schlug er Stefan mit der flachen Hand so kräftig ins Gesicht, dass dieser gegen die Wand des Korridors taumelte. „Das wirst du schön bleiben lassen. Hier findet jetzt die Rechtschreibprüfung statt. Da können wir keine Bullen gebrauchen, mein Freund."

Stefan hatte das Gefühl, der andere hätte nicht mit der Hand sondern mit einem Ziegelstein in sein Gesicht geschlagen. Er betastete seinen Kiefer, ob da was gebrochen wäre. ‚Scheinbar nicht', stellte er in Gedanken fest

„Anscheinend nicht", verbesserte der Hüne seine unausgesprochenen Worte. „Wirst du jetzt parieren?", fragte er dann.

„Sie sind nicht Dexter", sagte Stefan statt auf diese Frage zu antworten. „Dexter ist schlank, eher schmächtig, eben ein Büromensch. Er wiegt 78 kg und ist etwa 1,85 m groß."

Der Hüne lachte und es klang als säße er dabei in einem Fass. „So ein Blödsinn", sagte er dann. „Ich kann unmöglich so 'ne dürre Gestalt sein, bei den Sachen die ich gemacht haben soll. Ich habe immerhin drei meiner Opfer aus dem Fenster geschmissen. Nachdem ich sie – wohlgemerkt – mit ausgestreckten Armen über meinen Kopf gehoben hatte. Das musst du mir mal vormachen, wenn ich ein Hänfling sein soll, wie du ihn beschreibst."

„Das ist ein Buch! Eine Geschichte! Da passieren solche Sachen." Jetzt schrie Stefan sein Gegenüber an. Der Typ war genauso ein Krümelkacker wie seine Leser.

Plötzlich packte sein Gegenüber Stefan am Kragen und zog ihn zu sich heran. Fast berührten sich ihre Nasenspitzen. „Jetzt pass mal gut auf mein Junge", grollte er, „ich bin Lektor. Ich weiß, was in

Büchern passieren sollte und was nicht. Und was du so zu Papier bringst, geht auf keine Kuhhaut."

„Eselshaut", erwiderte Stefan. „Dexter sagt immer Eselshaut."

„Willst du behaupten, ich wäre blöde und würde Sprichwörter nicht kennen?" Jetzt war Dexter ernsthaft wütend. Er stieß Stefan mit Schwung von sich, dass dieser rückwärts taumelte und plötzlich – im Wohnzimmer im Sessel saß.

„Wie komme ich denn hierher? Ich war doch gerade noch im Flur?" Die Situation war für Stefan dermaßen absurd, dass er seine Furcht vor diesem Dexter-Typen vergaß und eigentlich nur eine Erklärung haben wollte.

„Das würde sich die Tussi auch gefragt haben, die ich aus ihrer Penthaus-Wohnung am Broadway geworfen habe und die im Central Park gelandet ist. Soweit könnten nämlich nicht mal alle Avengers gemeinsam jemanden werfen. Aber das interessiert dich ja nicht, oder? Recherchieren ist was für Phantasielose. Und weil du in ganz New York nur zwei Orte kennst, fliegt die Lady aus ihrem Fenster am Broadway und landet im Central Park auf einer Töle. Ich sollte vielleicht wirklich mal versuchen, bis wohin ich dich von hieraus schleudern kann." Das Gesicht von Stefans unliebsamem Gast war rot angelaufen, so hatte er sich in Wut geredet.

„Jetzt gib mir das Paketklebeband."

Stefan fand es war ein guter Zeitpunkt, um wieder einmal zu glotzen. Dann sagte er so entschlossen es noch ging: „Den Teufel werde ich. Sie wollen mich wahrscheinlich fesseln, da werd' ich ihnen auch noch zur Hand gehen."

„Warum nicht? Die Opfer in deinen Schmierereien machen das doch auch dauernd."

Stefan wollte den Moment nutzen, aus dem Sessel aufspringen und zur Tür flüchten, doch sein Gegner war schneller. Er fing ihn mit einer Hand ab und stieß ihn zurück in den Sessel. Dann hob er die andere in die Luft und forderte mit lauter, entschlossener Stimme: „Paketklebeband, sofort!"

Eine Schublade zu seiner Rechten glitt langsam auf.

„Hey, was zum Teufel ist das denn?“, begehrte Stefan auf und wollte erneut aufspringen. Wieder stieß der Hüne ihn unsanft zurück.

„Das nennt man einen Deus ex machina, einen Gott aus der Maschinerie. Ist der älteste Trick der schreibenden Zunft überhaupt. Stammt von den Griechen, die haben im Theater immer Götter auf die Bühne gebracht, wenn ihr Held ins Gras zu beißen drohte. Aber du kennst das ja, machst es schließlich dauernd.“

„Das ist nicht wahr“, fuhr Stefan auf. „Jetzt reicht es aber. Ich bin vielleicht kein Goethe, aber ich wende keine faulen Tricks an.“

„Ach“, höhnte Dexter, der sich inzwischen das Paketklebeband geschnappt hatte. „Und was war mit dem Fallschirm unter dem Flugzeugsitz in ‚Der Tod reißt durch die Wolken‘. Sollte der übrigens wirklich reißen oder eher reisen?“

„Der war von Anfang an da“, maulte Stefan.

„Flugzeuge führen Rettungswesten mit an Bord, aber keine verdammten Fallschirme. Das solltest du wissen oder bist du noch nie geflogen?“

„Doch ... doch schon“, stammelte Stefan. „Aber dieses besondere Flugzeug hatte eben ...“

Weiter kam er nicht, wieder hatte Dexter ihm eine schallende Ohrfeige verpasst. Sein Gesicht glühte, teils von dem Schlag, aber auch vor Scham, weil er sich wie ein dummes Kind ohrfeigen ließ. Während er von dem Schlag benommen war, begann Dexter ihn mit dem Klebeband am Sessel zu fixieren.

Als sich Stefan praktisch nicht mehr bewegen konnte, trat Dexter zurück und begutachtete sein Werk. „So“, sagte er dann, „jetzt wollen wir uns mal deinen neuesten Erguss (kannst du eigentlich Ejakulat buchstabieren?) vornehmen. Also unser gemeinsames Buch sozusagen. Wobei Buch ein Euphemismus ist. Noch so ein Wort, das du nicht kennen wirst.“

„Ich weiß genau was ein Eufemiesmus ist“, widersprach Stefan, „das heißt, man will was beschönigen. Aber ich schreibe Bücher, da ist nichts geschönt.“

„Tja, schön ist da auf keinen Fall etwas. Das stimmt." Dexter sah sich ein bisschen hilflos um. „Ich muss mich nochmal in deiner Wohnung umsehen, brauch noch was. Kleine Überraschung. Also nicht weglaufen."

„Warum nicht hierbleiben und auf den Gott warten", lästerte Stefan mit dem Mut der Verzweiflung.

Stefans Widerpart drohte schelmisch mit dem Finger und antwortete: „Wir wollen den Trick doch nicht überstrapazieren. Außerdem habe ich jetzt Zeit, oder?"

Stefan ergab sich seinem Schicksal und sein ungebetener Gast machte sich auf die Suche wonach auch immer. Es dauerte eine ganze Weile, aber nach zehn Minuten stand er wieder im Wohnzimmer. In der einen Hand die Nagelpistole haltend, in der anderen ein Verlängerungskabel.

„Mein Gott", stöhnte Stefan und riss die Augen entsetzt auf. „Die habe ich von Bernd geliehen. Ich habe im Keller ein Regal zusammengezimmert."

„Tja, Zufälle gibt's", grinste Dexter. Er steckte den Stecker des Verlängerungskabels in die Steckdose neben der Tür und sorgte dann dafür, dass die Nagelpistole Strom bekam.

„Nein", rief Stefan und kämpfte mit dem Klebeband, das ihn an den Sessel fesselte. „Nein, jetzt ist es genug. Das ist kein Spaß mehr."

„Es ist nie Spaß gewesen", erwiderte Dexter. „Aber du musst keine Angst haben. Ich werde dich nicht ins Jenseits schicken. Zumindest noch nicht. Schließlich schulde ich dir mein Dasein."

„Ach, Blödsinn, hören Sie endlich auf mit diesem Mist. Sie sind nicht Dexter. Es gibt keinen Dexter. Den habe ich mir ausgedacht." Eine Mischung aus Furcht und Wut machte Stefan aggressiv. Dieser Typ wollte ihn foltern oder gar umbringen und benutzte auch noch seine Idee dafür. „Sagen Sie mir endlich, wer Sie sind und was Sie wirklich wollen. Wenn Sie Geld wollen, haben Sie sich den Falschen ausgesucht. Im Schlafzimmer liegen ein paar Scheine im Nachtschrank, aber das ist der Mühe nicht wert."

„Geld“, schnaubte Dexter. „Ist mir auch klar, dass du nicht reich bist, so wie du schreibst.“

„Hey, was sollen diese sinnlosen Beleidigungen immerzu. Reicht‘s nicht, mich einfach zu foltern und dann zu verduften?“

Dexter lachte. Dann ging er zu Stefans Laptop, startete das Textverarbeitungsprogramm und lud die Datei mit Stefans neuestem Werk.

„Dexter – Das Lektorat des Todes“, las er vor. Dann stand er auf, ging zu Stefan Bauer hinüber und gab ihm rechts und links eine weitere Ohrfeige. „Was für ein bescheuerter Titel. Muss man denn immer gleich die ganze Geschichte im Titel erzählen?“

„Die Leser wollen doch wissen, auf was sie sich da einlassen“, verteidigte sich Stefan.

„Dafür gibt es Klappentexte.“

„Was wissen Sie schon davon.“

„Ich bin Lektor. Schon vergessen!“

„Hören Sie doch auf mit dieser Dexter-Leier. Nehmen Sie, was Sie wollen. Nehmen Sie den Computer, die Stereoanlage, mein Geld und dann hauen Sie ab.“ Stefan zappelte und wackelte im Sessel herum und hoffte, seine Fesseln so lösen zu können.

„Aufhören“, knurrte Dexter, hob die Nagelpistole und feuerte dicht über Stefans Kopf hinweg in die Wand. Dann senkte er das Gerät und schoss Stefan in den linken Fuß. Stefan bäumte sich auf und winselte vor Schmerz. „Scheiße, Scheiße, Scheiße“, fluchte er. „Was soll das?“

„Glaubst du mir jetzt, dass ich es ernst meine? Dass ich Dexter bin und dass ich jetzt die Rechtschreibprüfung abnehme?“

„Ja! Ja! Ja!“ Pures Gewinsel.

„Ich werde mir jetzt deinen Roman durchlesen. Und gnade dir Gott, er hat zu viele Fehler.“ Stefan begann zu schwitzen bei diesen Worten. Er erinnerte sich daran, wie er den Lektor im Buch geschildert hatte. Das machte ihm wenig Hoffnung.

Dexter setzte sich an den Laptop und begann mit dem Lesen. Hin und wieder schnaubte er verächtlich, während Stefan in seinem Sessel leise wimmerte. Plötzlich jaulte Dexter auf, als hätten starke Schmerzen ihn befallen. „Wie kannst du mich so einen Satz sagen lassen: ‚Ich werde ihn schon zeigen, wie es richtig schreibt.' Was für ein Kauderwelsch. Ihn? Und was für ein ES soll da schreiben?" Dexter fuchtelte mit der Nagelpistole herum. „Und dann geht es im nächsten Satz gleich weiter: ‚Sein Gegenüber windete sich vor Verzweiflung und jammerte: Was habe ich ihm getan?' Windete, was für ein Wort soll das sein? Und wer ist plötzlich dazugekommen, um von IHM zu sprechen?"

Nach ein paar weiteren Augenblicken in denen Dexter still gelesen hatte, sprang er plötzlich auf und feuerte Stefan Bauer einen weiteren Nagel in den bereits verletzten Fuß. Stefan, der ein wenig lethargisch geworden war, schrie. „Sie verdammtes Schwein", brüllte er auf und dann verfiel er darauf aus vollem Halse „Hilfe!" zu schreien.

„Du beleidigst fortwährend deine Leser", fauchte Dexter. „Dauernd heißt es: ‚Dexter hält Sie alle für Schwachköpfe. Dexter kann Ihnen Ihre Geschichten nicht abkaufen. Dexter meint, Ihnen wäre nicht mehr zu helfen ...‘ Ich kenne die Leute doch gar nicht, für die du schreibst, aber ich spreche sie permanent an, weil du die Pronomen immer groß schreibst.“

Durch die Schmerzen, die von seinem Fuß abstrahlten, brach sich in Stefan die Erkenntnis bahn, dass er angesprochen wurde. „Was wollen Sie von mir? Was reden Sie da?“, brachte er mühsam hervor.

„Ich will, dass du nicht so einen Scheiß zusammenfaselst, wenn es um mein Leben geht“, antwortete Dexter, dann wandte er sich wieder der Geschichte auf dem Bildschirm zu.

„Drei Punkte, schon wieder“, knurrte er zwischenzeitlich kurz, dann war wieder nur das leise Jammern von Stefan Bauer zu hören, der verzweifelt versuchte, sich von seinen Fesseln zu befreien, während sein Folterknecht abgelenkt war.

Zehn Minuten später stand Dexter plötzlich auf und begann im Wohnzimmer auf und ab zu tigern. Plötzlich blieb er vor Stefan stehen, streckte den

Arm vor, setzte ihm den Zeigefinger auf die Brust und sagte völlig ruhig: „Stefan, so geht es nicht."

Stefan blickte Dexter überrascht an. Nach den Wutausbrüchen und dem Geschrei vorher war dieser beinahe väterliche Ton auf eine seltsame Art viel beängstigender. Der Satz hatte etwas finales und der Tonfall klang resignierend, als wäre jemand zu einem verzweifelten, aber notwendigen Schritt entschlossen.

„Was geht so nicht?", wollte Stefan wissen.

„Das Buch, du kannst dieses Geschreibsel, das du Buch nennst, niemandem zeigen. Die Leute werden über uns lachen. Sie werden über uns herfallen wie Kojoten über einen Kadaver."

„Das Buch ist schon hochgeladen. Es geht in wenigen Stunden ins Netz."

„Hol es zurück, halt es auf." Dexter sprach völlig ruhig und sah seinem Widerpart dabei direkt ins Gesicht.

Stefan hatte einen Kloß im Hals als er sagte: „Das geht nicht."

Das war der Moment, als Dexter wieder zu toben begann: „Geht nicht! Geht nicht! Es muss gehen. Ich kann es nicht zulassen, dass ich in einer Geschichte vorkomme, die dermaßen abstrus ist und so vor Fehlern strotzt wie diese."

„Dexter, es geht jetzt nicht."

„Nenn mich nicht Dexter, ich heiße jetzt Bexter", brüllte der Angesprochene plötzlich.

„Halt mal", sagte Stefan, „die ganze Zeit haben Sie behauptet, Dexter zu sein. Und jetzt haben Sie es sich plötzlich anders überlegt."

„Ich ... ich ...", keifte der Hüne, „du hast es dir anders überlegt. Plötzlich heiße ich Bexter in dem Geschreibsel."

„Das kann nur eine Seite sein, Mann", Stefan klang jetzt beinahe ein wenig weinerlich. „Der Typ im Buch bleibt für mich immer Dexter. Und wenn du eben er sein willst, dann bleibst du auch Dexter."

„Du begreifst es nicht. So wie du anscheinend die Grundregeln von Rechtschreibung und Grammatik nicht begreifst. Ich bin der, den du in deiner Geschichte beschreibst. Ich kann mir das nicht aussuchen, genauso wenig wie du dir aussuchen kannst, wer du bist."

„Immerhin habe ich ein Pseudonym", erwiderte Stefan und es klang so etwas wie Stolz aus seinen Worten.

„Ob mit oder ohne Pseudonym, du bleibst immer der gleiche miserable Schreiberling. Hör dir einfach mal den Mist an, den du hier anbietest." Mit diesen Worten stapfte er zum Tisch zurück, zog alle Kabel vom Laptop ab, klemmte sich diesen in die linke Armbeuge und ging dann zu Stefan zurück. Seine Augen blickten so zornig, als würden jeden Moment Blitze aus ihnen herausschießen. Was nicht passierte, stattdessen feuerte Dexter zwei Nägel in den Schrank hinter sich, wohl um sich etwas zu beruhigen.

„Hier, hier geht der Irrsinn los", keuchte Dexter, „da sage ich etwas zu einem Typen, der eine Schmonzette abgeliefert hat, bevor ich ihn niederknalle: ‚Dexters Stimme fühlte sich an, als käme sie aus einem Brunnenschacht.'"

Stefan strahlte. „Tolles Bild, was?"

Statt einer Antwort feuerte Dexter einen Nagel in den bisher unverletzten Fuß Stefans. Dann brüllte er: „Seit wann kann man eine Stimme fühlen? Vielleicht hörst du ja gerade den Schmerz, der dein Bein raufkriecht, weil ich dir einen Nagel in den Fuß geschossen habe."

Es gab wirklich etwas zu hören. Das laute Geschrei, das Stefan im Sessel von sich gab.

„Auf der nächsten Seite lese ich ein gutes Manuskript, aber plötzlich: ‚...riss mir eine Stimme aus meinen tiefsinnigen Gedanken.' Mir und mich verwechsle ich nich, det kann mich nich passieren, oder was?"

Stefan war entweder vor Schmerz nicht in der Lage, etwas zu sagen oder er wagte es nicht, um nicht noch einen Nagel abzubekommen.

„Du hast es sowieso mit den Sinnen. Bei Sinnen bist du offenbar niemals, wenn du schreibst. Ich habe den Typen, der mir die Waffe besorgt hat in so eine Art Plumpsklo eingesperrt. Da stinkt es bestialisch und außerdem, pass gut auf: ‚... brachte ein kleines Fenster winziges Tageslicht herein.'

Hey, Einstein, Licht ist ein Teilchenstrom, schon klar, aber die Teilchen sind immer winzig, egal wie groß das Fenster ist oder ob das Licht bloß durch einen Türspalt reinkriecht." Dexter zog das Fach mit den Nägeln aus der Nagelpistole und nahm einen heraus. Er besah ihn sich kurz, steckte das Nagelfach zurück und sagte dann: „Wenn ich den dahin feuere, wo er hingehört, bist du zu früh tot."

Langsam näherte er sich dann Stefan, der sich in Panik wand, weil er ahnte, was passieren würde. Dexter beugte sich zu Stefan hinunter und hielt ihm den Nagel vor das Gesicht.

„Nein, nein", stammelte Stefan. „Ich korrigier das. Ich mach es besser, bestimmt."

„Zu spät", sagte Dexter lakonisch und stieß ihm dann den Nagel ins linke Auge. Stefan kreischte. ‚Jemand muss mich hören', dachte er kurz, dann löschte der Schmerz alle Gedanken aus. Dexter zog den Nagel zurück, ein bisschen Auge blieb daran kleben. Stefan war ohnmächtig geworden.

Für einige Atemzüge ließ Dexter sein Opfer ruhen, dann klopfte er ihm links und rechts auf die

Wangen. Im Verhältnis zu seinen Ohrfeigen waren dies sanfte Berührungen, doch Stefan war praktisch sofort wieder wach.

„Sie sind irre“, keifte er, als er vollständig wieder bei sich war. „Machen Sie mich los. Ich will nicht sterben. Ich will wegen einem Scheißbuch nicht sterben.“

„Jedenfalls musst du es nicht mehr mit beiden Augen sehen, und das Loch in deinem linken Auge lässt sicherlich auch große Lichtteilchen durch. Aber ich bin noch nicht fertig. Es geht weiter. Mein Chef wird hier beschrieben, Seite 53, er ist ein Mann mit: ‚... einer gescheitelten Haarfrisur.‘ Hast du schon mal gehört, dass man was anderes frisiert als Haare an einem Mann? Soll ich dir mit dem Ding einen Scheitel ziehen?“ Dexter winkte mit der Nagelpistole und feuerte dann knapp über Stefans Kopf hinweg. *„Durch diese hohle Gasse muss er kommen“*, rezitierte er Schiller.

Stefan war nur noch ein wimmerndes Bündel. Als Dexter über seinen Kopf hinweg schoss, verließ ihn die Kontrolle über seine Blasenfunktion. Ein nasser, dunkler Fleck breitete sich auf seiner Hose aus. Es begann streng nach Urin zu riechen.

„Das ist ja ekelhaft“, kommentierte Dexter. „Aber dein Buch ist noch ekliger. Was hast du über das Sekretariat des Verlages geschrieben: ‚Zur Mittagzeit geht es da jedes Mal zu wie in einem Bienenschwarm.‘ Bienenstock, es heißt wie in einem Bienenstock. Bienen stechen, wenn man sie ärgert, das weißt du doch sicher.“

„Nein, nicht schon wieder, bitte.“ Stefan wimmerte nur noch leise und hilflos. Dexter ließ sich nicht erweichen. Er ging zu Stefans rechter Seite und schoss ihm einen Nagel in den Oberarm. Tränen flossen aus Stefans heilem Auge, ein Speichelfaden lief ihm aus dem Mund.

„Und unsere Sekretärin ist ein hässliches, aber intrigantes Wesen. Sie ist so hässlich, dass, ich zitiere: ‚...bei ihr kein einziger Mann auch nur eines Blickes würdigt.‘“ Man sah Dexter an, dass er ob eines solchen Satzes kochte vor Wut. „Du bist so ein Waschlappen, dich sollte auch keine Frau eines Blickes würdigen. Eigentlich sollte ich dir jetzt die

Eier durchlöchern, aber ich tu's nicht." Stefan wollte beinahe ein wenig aufatmen, da durchschlug ein Nagel seine rechte Wange von der Seite und blieb dann in den linken stecken. Stefans Mund war jetzt sozusagen vernagelt. Dexter lachte.

„Du weißt gar nicht, wie komisch du jetzt aussiehst. Warte da, ich hole einen Spiegel." Mit diesen Worten verschwand Stefans Peiniger aus dem Zimmer, nachdem er den Laptop zur Seite gestellt hatte. Er kam nach ein paar Augenblicken mit einem Rasierspiegel zurück, den er im Bad gefunden hatte. Den hielt er Stefan vor das Gesicht und meinte: „Großartig, oder?"

Stefan starrte sein eigenes Spiegelbild voller Entsetzen an. Dexter ging inzwischen zu ihm und zog ihm den Nagel aus der Wange.

„Da kannst du ein Piercing rein machen", brummte er. Dann holte er den Computer wieder herbei und setzte seine Textanalyse fort.

„Jetzt kommt die Stelle, an der es mir gereicht hat. Mein Chef ist also ein intrigantes Schwein und will irgendeine krumme Sache mit einem Autor machen, an dessen Texten mir ausnahmsweise was liegt. Das wäre eine gute Idee, bloß, es geht dabei um, Zitat: ‚... eine zweistellige Summe.' Bist du blöde? Kannst du nicht rechnen? Denkst du Verlagsleiter verdienen so wenig, dass sie wegen solcher Lappalien Risiken eingehen würden?"

„Dreistellig", murmelte Stefan verzweifelt, „ich wollte dreistellig schreiben."

Dexter brüllte auf vor Lachen. „Das ist die dümmste Antwort, die du im Verlauf des Tages gegeben hast, mein Freund. Denk mal nach. Weißt du, was dreistellig heißt? Weißt du, wie viel so ein Chef in der Lektorats-Abteilung verdient? Kannst du dir nicht vorstellen, dass man da sechsstellige Summen auffahren muss, um die zu einem krummen Ding zu verleiten?"

Stefan blieb stumm. Er konnte und wollte nicht mehr.

„Also, was sagst du, bleibt das Buch online?"

Stefan schüttelte den Kopf. Er wollte nur noch, dass dieser Wahnsinnige ging und ihn am Leben ließ.

Dexter brachte den Computer zum Tisch zurück und stellte ihn vorsichtig ab. Er wusste, dass Stefan das Gerät brauchte, um das Buch wieder zurückzurufen. Wäre dem nicht so, er hätte es am liebsten im hohen Bogen durch dieses Zimmer geworfen und sich daran ergötzt, wie es in tausend Teile zersplitterte, am besten am Kopf dieses Legasthenikers, der sich für einen Schriftsteller hielt.

Wie konnte dieser Mann, der mit eingeseechter Hose dasaß und heulte, ein ganzes Buch über ihn schreiben, ihn einen unfähigen Schreiberling nach dem anderen massakrieren lassen und nicht begreifen, warum er das tat. Dass er all diese Möchtegernautoren beseitigte, damit sie nicht länger arme Leser mit ihren Machwerken quälten. Es gab zwei Gründe, warum er mit diesem Stefan Bauer nicht genauso verfuhr. Erstens musste dieses sogenannte Buch wieder aus dem Netz verschwinden und dafür konnte nur der Typ selbst sorgen. Und zweitens verdankte er diesem

Menschen immerhin seine Existenz, da wollte er nicht undankbar sein.

„Ich mach dich jetzt los“, sagte Dexter völlig emotionslos, „dann setzt du dich an deinen Computer und beseitigst diese Schandtat von einem Buch.“ Er legte die Nagelpistole zur Seite, dann machte er sich auf die Suche nach einer Schere oder einem Messer, um Stefan loszuschneiden.

Als Dexter mit dem scharfen Fleischmesser zurückkam, schrak Stefan erneut zusammen. Er wollte sich in den Sessel verkriechen oder hinter sich selbst verstecken. Sein Blick klebte wie gebannt an der scharfen Schneide des Messers in Dexters Hand.

„Ich mach‘ was Sie wollen“, presste Stefan heraus. „Ich lösch das verdammte Buch. Ich lösch alle meine Bücher, alle.“

Dexter winkte ab, dann zerschnitt er Stefans Fesseln. „Ruhig verhalten und sitzen bleiben“, kommandierte er, „sonst rutscht mir noch dieses Messer aus.“

Stefan gehorchte jetzt willenlos. Dexter zog ihn aus dem Sessel wie eine Strohpuppe. Auf dessen Arm gestützt ließ sich Stefan zum Tisch und seinem Laptop führen. Er setzte sich davor und starrte auf den Bildschirm ohne ihn wirklich wahrzunehmen. Erst als Dexter ihn ansprach, kehrte langsam Leben in sein Gesicht zurück. „Na, was wird nun", sagte der Lektor und stieß Stefan in die Seite.

„Ist noch nicht möglich. Dauert noch drei Stunden. Ich kann die Veröffentlichung erst rückgängig machen, wenn sie komplett durchgelaufen ist. Geht nicht eher." Stefan sprach leise, als erzähle er das alles sich selbst.

„Okay", sagte Dexter, „alles klar." Er wandte sich ab, ging zum Schrank und griff sich wieder die Nagelpistole. Mit ihr in der Hand kehrte er zu Stefan zurück. „Damit du es dir nicht anders überlegst", sagte er dann, packte blitzartig Stefans linken Arm und nagelte diesen mit drei direkt nebeneinander stehenden Nägeln am Tisch fest, das sah aus wie „…".

„Dein Markenzeichen“, brummte Dexter in das Geschrei von Stefan Bauer hinein. „Schreibst ja kaum einen Satz ohne.“

Stefan schluchzte wieder. „Schreibe keine Sätze mehr“, murmelte er.

„Gut“, Dexter schlug ihm auf die Schulter. „Dann kann ich jetzt gehen. Aber wenn ich morgen noch irgendwo Geschreibsel von dir finde, ist es aus. Verstanden?“

„... standen“, war alles was Stefan noch von sich geben konnte. Dexter hatte sich bereits abgewandt und war unterwegs in Richtung Tür. Von Stefan Bauer war von jenem Tage an keine Zeile mehr im Netz zu finden.

„Harter Tobak“, sagte Martin, als der alte Mann sich zurücklehnte, weil die Geschichte zu Ende war.

„Stimmt“, erwiderte der alte Mann. „Ich hatte ja selbst schon mit dem Gedanken gespielt, die eine oder andere von meinen Geschichten aufzuschreiben und zu veröffentlichen. Aber als ich von Stefan Bauer gehört habe und davon, wie es ihm ergangen ist, da ist mir die Lust vergangen."

„Das ist doch alles nur gut ausgedacht", sagte Gerald jovial und prostete in die Runde. „Und deine Geschichten sind so gut, die würden bestimmt Erfolg haben."

„Bin kein Schreiber, bin nur Erzähler", sagte der alte Mann. „Und man muss wissen, wie man die Worte schreibt, wenn man sie auf Papier bannen will. Sonst sind die Worte unzufrieden und wenden sich gegen einen, wie bei diesem Stefan Bauer."

„Also weiter nur erzählte Geschichten", stellte Frank fest.

„Ja. Die Nächste wird ein bisschen entspannter, denke ich. Da geht es nur ums Abwaschen."

„Aber die kennen wir doch schon", sagte Gerald und alle lachten.

Das Geschenk

Sebastian war wirklich überrascht, als er sah, wer der Absender dieses Paketes war. Natürlich war Kevin sein bester Freund schon seit Kindertagen, aber sie hatten sich noch nie so große Geschenke gemacht und dieses Paket war wirklich groß. Wenn es nicht nur ein Schwindelpaket voller Zeitungen und einer Tafel Schokolade war, hatte sich Kevin wahrscheinlich in ziemliche Unkosten gestürzt, um ihn zu überraschen. Und für nur Zeitungen oder Schaumgummikügelchen war das Paket auch eindeutig zu schwer.

Das Kevin ihm ausgerechnet zu seinem 31. Geburtstag eine große Überraschung bereiten wollte, entbehrte nicht einer gewissen Ironie. Immerhin hatte er erst im vergangenen Winter eine Affäre mit Sabrina, Kevins Frau, gehabt. Seit der Tulpenblüte war es zwar vorbei mit dem gelegentlichen Sex von ihnen beiden, aber Sebastian fragte sich noch immer, wie es überhaupt dazu hatte kommen können, denn die Frau seines besten

Freundes war als Bettgesellschaft eigentlich Tabu gewesen.

Kevin - allein der Name! Aber sie hatten sich in der dritten Klasse einmal gründlich geprügelt (Sebastian wusste nicht mehr, worum es da gegangen war.), sich dann wieder vertragen und waren im Grunde von diesem Moment an die besten Freunde geworden und eigentlich immer unzertrennlich geblieben. Auch als Kevin geheiratet hatte, war der Kontakt nicht abgerissen, spärlicher geworden ja, aber nicht versiegt. Entgegen aller Vorurteile über seinen Namen hatte Kevin studiert und war heute in der Entwicklungsabteilung einer Medizintechnikfirma beschäftigt. Er entwickelte da hochmoderne Gerätschaften, die Krankheiten erkennen und heilen konnten, von denen Sebastian noch nicht einmal etwas gehört hatte.

Er, Sebastian, arbeitete als Anwalt, und hatte bis heute nicht versucht, eine feste Bindung einzugehen. Im Grunde war er so eine Art Playboy, aber er hatte natürlich weder das Vermögen, noch das Format eines Gunther Sachs. An jedem

Wochenende ging er wenigstens einmal auf die Pirsch, und er brachte eigentlich auch immer erbeutetes Wild mit in sein Heim. Rothaarige mochte er am liebsten, aber eigentlich war er nicht wirklich wählerisch, wenn die Dame nur jung, mit gutem Vorbau und willig war. Naja, willig war eigentlich klar, sonst kamen sie nicht gleich zu einem mit auf die Bude.

Zwischen Arbeit und Jagd blieb Sebastian nicht viel Zeit für die Hausarbeit und so sah es in seiner Wohnung schon manchmal aus wie bei den sprichwörtlichen Hempels unter dem Sofa und er hieß auch noch Hampel (OMG!).

Sebastian holte eine Schere aus einem Schieber der Einbauküche und durchtrennte das zäh Widerstand leistende Paketklebeband. Tatsächlich fanden sich ein paar Styroporkugeln in dem Paket, aber auch eine weitere Kiste mit dem Aufdruck *R2020-Cleanbot.* Sebastian befreite den inneren Karton aus der Verpackung und stellte durch einen Blick fest, dass es sich um einen Staubsauger-Roboter der neuesten Generation handelte. Unter der Roboterverpackung fand sich ein Briefumschlag.

„Alles Gute zum Postdreißiger wünscht Dir Kevin!“, hieß es da. „Weil du ja immer keine Zeit zum Saubermachen hast und du Frauen zumindest nicht an deinem Fußboden saugen lässt, habe ich mir gedacht, ich schenke Dir diese praktische Haushaltshilfe. Du glaubst gar nicht, wie es die Frauen anmacht, wenn sie nicht durch meterdicken Staub waten müssen, um ins Schlafzimmer zu kommen. Der flinke Bursche saugt Staub, wenn du nicht zu Hause bist und fährt in der Nacht in seine Dockingstation, um sich mit neuer Energie aufzuladen. Probier es aus, du wirst sehen, alles läuft noch mal so gut mit diesem Wunderwerk der neuen Technologien.“

Das war Kevin Life und in Farbe. Bei ihm zu Hause sah es auch immer aus wie geleckt. Einmal hatte Sebastian sich mit ihm in seinem Büro getroffen. Sie hatten hinterher einen gemeinsamen Männerabend mit Fußball und Bier in einer Sportsbar vor. Sebastian hatte sich gefragt, ob Kevin überhaupt dort arbeitete. Der Schreibtisch war aufgeräumt, alle Papiere lagen auf Kante und zum Rand des Tisches ausgerichtet. Die Stifte parallel zum Papier neben Smartphone und Telefon. Keine Kaffee- oder Teeränder, ja nicht einmal eine leere Tasse stand auf dem Tisch. Sebastian hätte so weder arbeiten noch leben können, es war einfach zu steril.

Wahrscheinlich war diese Art von Kevin es auch, die dessen Angetraute kurzeitig in seine, Sebastians, Arme getrieben hatte. Während einer längeren Dienstreise Kevins in die USA hatte es angefangen. Eigentlich hatten Sebastian und Sabrina sich nur den Abend vertreiben wollen. Sie waren im Kino gewesen und hatten sich *Illuminati* angesehen. Während der Vorstellung war Sabrina immer dichter an ihn herangerückt und Sebastian hatte zuerst angenommen, sie würde sich nur von der grausigen Handlung in seine starken Arme treiben lassen. Aber als Sabrina sich auch an ihn kuschelte, als sie dann auf dem Heimweg waren, wurde ihm klar, dass es da einen anderen Grund geben musste.

Naja, ihm eilte ein gewisser Ruf als erfahrener Liebhaber voraus - es schmeichelte ihm, dass selbst Sabrina ihn begehrenswert fand. Eigentlich war es einer der seltenen Fälle, wo nicht er der Verführer, sondern eher der Verführte war.

Sabrina war ein Vulkan. Sie wollte es schnell, hart und nicht im Bett - überall, in der Küche, im Bad, auf dem Boden im Wohnzimmer, überall, nur nicht im Bett. Im Bett tat sie es mit Kevin, im Bett wusste sie genau wie es war und es war ihr eigentlich zu langweilig. Im Bett war es bieder und gutbürgerlich und dafür hatte sie sich nicht auf eine Affäre eingelassen. Das war auch einer der Gründe, warum sie ein paar Mal in Hotels eincheckten, um sich zu vergnügen, obwohl Sebastian doch immer eine sturmfreie Bude hatte.

Es lief etwa ein halbes Jahr. Dann sagte ihm Sabrina plötzlich. sie habe genug. Sie wüsste jetzt Bescheid, würde nichts mehr vermissen und vermutlich bis an ihr Lebensende glücklich und gutbürgerlich bei Kevin bleiben. Im Grunde war auch Sebastian froh. Die Affäre mit der Ehefrau seines besten, im Grunde sogar einzigen Freundes hatte ihm zunehmend weniger behagt. Es war gut, dass es ein Ende fand, ehe Kevin etwas bemerkte. Sebastian konnte sich nicht vorstellen, wie Kevin wohl reagiert haben würde, der ordentliche, ruhige, besonnene, wissenschaftliche Kevin. Vermutlich hätte er sich einfach von Sabrina getrennt und auch ihn, Sebastian, aus seinem Leben verjagt, um sein leicht unterkühltes Leben weiter zu leben. Oder aber er wäre explodiert wie eine dieser Bomben aus dem 2. Weltkrieg, die seit Jahrzehnten in der Erde liegen und vor sich hin rosten, nur um dann eines Tages bei Bauarbeiten eine Gefahr für ein ganzes Stadtviertel zu werden.

Sebastian packte seinen Staubsauger-Roboter aus. Es war ein rundes Gerät, das aussah wie ein Ufo, das mausgroße Außerirdische auf die Erde gebracht hatte. Dazu gehörte eine Art Minigarage, die die Stromversorgung für das Saugerufo darstellte. Sebastian stellte dieses Ding im Korridor auf, schob den Roboter hinein und ließ sich mit der

Gebrauchsanleitung in einen Sessel im Wohnzimmer fallen.

Eine halbe Stunde später hatte er endlich begriffen, was er zu tun und zu lassen hatte, wenn es in seinen vier Wänden in Zukunft blitzblank staubgesaugt aussehen sollte. Er kehrte in den Korridor zurück, programmierte die Reinigungsaufgaben seines neuen Hausgenossen und steckte den Stecker der Dockingstation, so hieß die Minigarage auf Neudeutsch, in die letzte freie Steckdose im Korridor. Das Gerät summte ein bisschen vor sich hin, dann leuchtete zunächst eine rote Lampe an seiner Vorderseite auf und es begann offenbar, sich mit Energie vollzusaugen. Sebastian kehrte ins Wohnzimmer zurück, ging ans Telefon und machte sich daran. Kevin anzurufen, um sich für das überraschende Geschenk zu bedanken.

„Hallo“, klang es aus dem Hörer, „Schendler."

„Hallo Kevin, du klingst so kratzig. Wo haben sie dich denn wieder hingeschickt?“ Sebastian wusste, dass Kevin öfters von früh bis abends unterwegs war, um bei irgend welchen Kunden seiner Firma

Beanstandungen und Verbesserungsvorschläge aufzunehmen.

„Rostock, bin aber bald fertig und kann mich auf den Heimweg machen. Ich hätte dich noch angerufen heute Abend. Oder dachtest du, ich hätte deinen Geburtstag vergessen. Also, wenn du schon mal dran bist, herzlichen Glückwunsch und alles Gute, dass du auch in Zukunft immer genug Weiber abschleppen kannst und dir das nicht eines Tages mal zu viel wird."

„Danke Kevin, ich wollte mich vor allem für das Geschenk bedanken. Mensch, wir schenken uns doch sonst auch nicht solche riesigen Sachen, was ist dir denn da eingefallen."

„Ach, das ist nicht der Rede wert. Das Teil habe ich günstig über die Entwicklungsabteilung bekommen. Wir brauchten ein paar davon, weil wir versuchen wollen, die so umzurüsten, dass man sie in Krankenhäusern auch zur Desinfektion der Krankenzimmer verwenden kann. Da habe ich eben eins mehr bestellt und abgeschrieben. Wird schon nicht rauskommen. Bei mir denken eh alle, ‚korrekt' sei mein zweiter Vorname."

„Trotzdem danke", sagte Sebastian. „Du kommst doch am Samstag zur Feier, oder?"

„Klar, das habe ich mir doch noch nie entgehen lassen. Sabrina ist am Wochenende bei ihren Eltern, also kann ich durchmachen." Kevin lachte.

„Gut, dann also bis Samstag. Ich freu' mich auf dich." Das stimmte. Auch wenn Kevin keine Stimmungskanone in dem Sinne war, hatte Sebastian ihn gern auf Feiern dabei. Sie waren gemeinsam ein unschlagbares Team, wenn es darum ging, andere Partygäste aufs Glatteis zu führen oder irgendwelche Partyspiele zu gewinnen.

„Bis Samstag, bleib gesund", sagte Kevin in sein Handy. Das war sein üblicher Abschiedsspruch. Dann legte er auf und auch Sebastian legte den Hörer zurück.

Sebastian ging zur Stereoanlage und schaltete ein bisschen Musik ein. Gerade erklangen die ersten Töne der aktuellen Ärzte-CD, da surrte es plötzlich im Flur und Augenblicke später fuhr der

Staubsaugerroboter ins Wohnzimmer und begann dort seine Arbeit. Sebastian nahm sich die aktuelle Zeitung zur Hand und achtete nicht weiter auf das Gerät. Er wurde nur einmal kurz an seine Tätigkeit erinnert, als es wieder aus dem Wohnzimmer hinaus, dabei aber zuvor mit einem leisen Bums gegen den Türpfosten fuhr.

Als Sebastian dann zu Bett gehen wollte, brachte sich sein neuer Hausgeist in Erinnerung, als er ganz in Katzenmanier versuchte mit ihm gemeinsam ins Schlafzimmer zu huschen, ihm beinahe zwischen die Beine geriet und ihn dadurch fast zu Fall brachte. Erst war Sebastian erschrocken, doch dann lachte er laut auf, schüttelte den Kopf und sprach das Gerät an: „Na, dir müssen sie aber schon noch Manieren beibringen, mein Freund."

Der Roboter reagierte natürlich nicht auf diese Worte und begann im Schlafzimmer staubzusaugen, während Sebastian die Vorbereitungen für die Nachtruhe fortsetzte. Als er fertig war und ins Schlafzimmer zurückkehrte, war das Gerät verschwunden. Sebastian dachte nicht weiter darüber nach, wo es sich wohl herumtreiben mochte, sondern ging ins Bett und schlief praktisch sofort ein.

Mitten in der Nacht erwachte Sebastian von einem gedämpften Poltern. Er schreckte auf und blickte auf die Digitalanzeige des Weckers, es war 3:30. Was bummerte da? Sebastian brauchte einige Augenblicke, um zu sich zu kommen und auch um seine Augen an die Dunkelheit zu gewöhnen, dann erkannte er den Urheber der Störung. Sein Staubsauger stand vor der Schlafzimmertür und fuhr, in dem Bemühen in den Korridor zu kommen, immer wieder dagegen. Stöhnend erhob Sebastian sich, und begab sich in Richtung Tür. „Du bist mir vielleicht 'ne Hilfe“, grummelte er, als er das Gerät mit dem Fuß kurz von der Tür wegschob und diese öffnete, um es hinauszulassen. Er schüttelte den Kopf und kehrte ins Bett zurück, während der Staubsauger sich in seine Dockingstation zurückzog. Dann kehrte wieder Ruhe ein.

Dieses Spiel wiederholte sich auch in den folgenden beiden Nächten. Jedes Mal wenn

Sebastian sich zur Nachtruhe bereit machen wollte, schlüpfte sein Staubsauger mit ins Schlafzimmer und begann, darin herumzuwirtschaften. Wenn Sebastian ins Bett ging, war das Gerät nicht mehr zu sehen, aber Sebastian hatte schnell begriffen. dass der Roboter unter das Bett gefahren war. Am Freitagabend legte sich Sebastian frisch gewaschen und mit geputzten Zähnen auf den Bauch vor das Bett und linste darunter. Da stand dieses verrückte Ding und blinkte vor sich hin. Dann fuhr es ein Stück nach links, überlegte es sich wohl gleich darauf anders und kehrte an den Platz zurück, wo es zuvor gestanden hatte. Na, er würde Kevin sagen müssen, dass sein Geschenk einen leichten Defekt hatte. Offenbar hielt es den Platz unter Sebastians Bett für seine Dockingstation, zumindest bis um 3:30 Uhr. Dann fuhr er darunter hervor und kehrte in seine elektrische Hundehütte zurück.

Samstag war der Tag der Geburtstagsfeier. Es war nichts Großes. Sebastians Eltern waren beide verstorben. Geschwister hatte er keine und außer Kevin auch keine richtigen Freunde. Ein paar

Mitstreiter aus der Kanzlei waren eingeladen, außerdem ein paar Kumpel vom Bogenschießen, Sebastians einzigem Ausgleich zum Sitzen im Büro, wenn man von gelegentlicher Bettgymnastik absah. Der Tisch, den Sebastian in einem Restaurant (eigentlich eher einer Cocktailbar) bestellt hatte, füllte sich ab um Acht. Kevin war, wie nicht anders zu erwarten, einer der ersten.

„Hallo Sebastian, toll dich wieder mal zu sehen", rief er freudig aus, schüttelte Sebastian kräftig die Hand und klopfte ihm mit der anderen auf die Schulter. „Muss kurz nach Weihnachten das letzte Mal gewesen sein, dass wir um die Häuser gezogen sind."

„Stimmt", nickte Sebastian. „Wir waren bei Silvio auf eine Pizza, hinterher bin ich noch in die Kakadu-Bar, aber an dem Abend ist nichts gelaufen, glaube ich."

„Erinnere mich auch noch. Du warst nicht so recht bei der Sache, hast eine Blonde an unseren Tisch geschleppt und die dann geflissentlich ignoriert. Warst komisch drauf an dem Abend. Aber egal, heute ist heute und heute geht es rund, oder? - Kommen noch viele?“

„Acht, wenn alle kommen, die zugesagt haben“, antwortete Sebastian.

Es kamen alle Gäste, die erwartet wunden und es wurde ein feucht-fröhlicher Abend. Die Cocktails wurden immer bunter und die Stimmung ausgelassener. Nur Kevin erschien Sebastian im Laufe des Abends immer stiller und in sich gekehrter zu werden.

„Meine Güte, was ist dir denn für eine Laus über die Leber gelaufen?“, fragte Sebastian daher zu vorgerückter Stunde. „Als du kamst, warst du doch ganz munter. Und es ist mir eigentlich noch nicht aufgefallen, dass Alkohol dich zum trübsinnigen Denker macht.“

„Sieht man mir was an?“, fragte Kevin erstaunt zurück. „Ich wollte meine Sorgen eigentlich zu Hause lassen, wenn ich zu deiner Feier komme.“

„Vielleicht sehen 's die anderen nicht, aber für mich bist du doch ein offenes Buch, Kevin. Das solltest du doch inzwischen wissen.“ Sebastian schob Kevin einen frischen Drink rüber. „Hier trink noch 'nen Schluck und dann erzählst du mir was los ist.“

Kevin nahm einen kräftigen Schluck der grünen Flüssigkeit in dem Glas und sagte dann zu Sebastians größtem Erstaunen: „Ich glaube, Sabrina betrügt mich.“

Sebastian starrte. Er konnte es sich nicht vorstellen, obwohl Sabrina doch genau das getan hatte und zwar mit ihm. Aber sie hatte Schluss gemacht mit der Begründung, nur Kevin wirklich zu lieben und befriedigt wieder zu ihm zurückkehren zu können. Es konnte nicht sein, dass sie so schnell wieder vom Pfad der Tugend abgewichen war. Es passte einfach nicht zu ihr. Und Sebastian hatte in seinem Beruf gelernt, Menschen und das was sie sagten, einschätzen zu können.

„Nein, nein“, Sebastian schüttelte heftig den Kopf. „Wie kommst du denn auf die Idee? Sabrina liebt nur dich, andere Männer guckt sie doch kaum an.“

„Trotzdem“, Kevin sah irgendwie verzweifelt aus, „im Winter war sie öfter unterwegs, ohne mir zu sagen. wo sie hin will. Und jetzt kommt sie mir verändert vor. Sie liest Bücher über seltsame Sexpraktiken und erzählt mir dann auch noch deren Inhalt. Als ob ich mich für Fesselspiele und so was begeistern könnte.“

„Na, vielleicht würde sie sich ja dafür begeistern und will es dir durch die Blume sagen? Klingt für mich plausibler, als dass sie dich betrügt.“ Sebastian sah Kevin offen ins Gesicht als er das sagte, denn er wusste, dass dies zumindest teilweise richtig war. Sabrina hatte es mit ihm auch auf sagen wir mal unkonventionelle Weise getrieben. Konnte es sein, dass sie sich sozusagen vor einem zweiten Seitensprung schützen wollte, indem sie Kevin ihre Vorlieben näherbrachte? Passte wirklich besser, als dass sie schon wieder einen neuen Liebhaber aufgerissen hatte.

Kevin war noch nicht überzeugt. „Aber das hat sie doch früher nicht gemacht. Wie kommt sie plötzlich auf diese Ideen. Die muss ihr doch ein anderer Mann eingegeben haben."

„Glaube ich nicht. Wenn ich dir aus meiner Erfahrung was zu diesem Thema sagen darf: Frauen lassen sich vielleicht von einem Mann zu Sexspielen verführen, die sie eigentlich nicht so mögen, aber sie entwickeln keine plötzliche Begeisterung dafür, wenn sie es nicht schon immer wollten. Wenn Sabrina also plötzlich meint, ihr könntet mal Abstand nehmen von der Missionarsstellung, dann schwelt das bereits lange in ihr. Sie hat sich wohl bisher nur nicht getraut. Ist so was wie ein Coming Out."

„Naja, wenn du das sagst", Kevin nickte nachdenklich vor sich hin, „du bist der mit der Erfahrung. Ich kenne ja eigentlich nur Sabrina so richtig." Dann schnappte er sich den vor ihm stehenden Rest des Drinks, schüttete ihn in einem Zug in seine Kehle, knallte das Glas mit Verve auf den Tisch zurück und sagte: „Ok, akzeptiert. Weißt du, ich werde Sabrina den Gefallen tun und erst mal eines von diesen Büchern lesen und dann ...", Kevin lachte, „probieren wir es eben mal aus. Muss doch gut sein, wenn so viele Spaß dran haben."

„Das ist die richtige Einstellung", nickte Sebastian, winkte einem Kellner zu und bestellte eine weitere Runde.

In dieser Nacht wurde Sebastian nicht durch den Staubsauger geweckt. Er hatte in seinem zu diesem Zeitpunkt schon sehr benebelten Zustand beim zu Bett gehen vergessen, die Schlafzimmertür zu schließen. Doch schon in der folgenden Nacht rumpelte es wieder, weil der kleine Roboter aus dem Schlafzimmer hinaus wollte, nachdem er die halbe Nacht unter Sebastians Bett verbracht hatte. Langsam wurde es dem zu dumm. Das Ding musste einen Defekt haben. Er würde es wohl Kevin zurückbringen müssen, vielleicht konnte der den Roboter ja umtauschen.

Sebastian kam allerdings erst am Mittwoch dazu mit Kevin zu sprechen, denn der war dienstlich in Frankreich unterwegs und da wollte ihm Sebastian nicht mit einer solchen Belanglosigkeit auf den

Wecker fallen. Am Mittwochabend rief er dann aber an.

„Hallo Gesundheitsapostel, brauchen die Franzosen dich überhaupt, die trinken doch Rotwein", begrüßte Sebastian seinen Freund am Telefon.

„Vielleicht gibt's ja Wege, den durch Bestrahlung zu verbessern", frotzelte Kevin zurück. „Was für Probleme hast du denn, dass du so einfach hier anrufst?"

„Dein Geschenk spinnt", erklärte Sebastian. „Das Teil fährt jeden Abend unter mein Bett und überlegt es sich dann mitten in der Nacht, in seine Hundehütte im Flur zurückzukehren. Und ich bin mir sicher, das nicht so einprogrammiert zu haben."

„Hmm", brummte Kevin am anderen Ende der Verbindung. „Kann natürlich ein Defekt in der Steuerung sein. Wir haben das Teil ja gar nicht erst ausgepackt, geschweige denn getestet. Ich werde mal mit der Firma telefonieren, die uns die Geräte geliefert hat. Aber ein paar Tage musst du mir Zeit lassen, denn schließlich war meine Aktion ja nicht ganz legal."

„Geht schon klar. Bis dahin schlafe ich halt bei offener Schlafzimmertür."

„Ich weiß schon, warum du das nicht gern machst. Da laufen dir die Mädels zu schnell davon. Mach's gut, ich melde mich wenn ich näheres weiß." Kevin beendete das Gespräch.

Am Ende der Woche hatte sich noch nichts getan, doch Sebastian hatte sich inzwischen mit der Situation arrangiert. Er ließ die Tür zum Schlafzimmer einfach offen, so dass sein reinlicher Diener hinaus konnte, wenn er mitten in der Nacht zu seiner Dockingstation wollte. An diesem Freitag ging Sebastian auch voller Elan wieder mal auf Jagd, wie er das nannte, wenn er durch die Bars der Stadt zog, um irgendwo eine Frau aufzureißen, die er in seine Wohnung abschleppen konnte. Und wie so oft war er auch an diesem Tag erfolgreich. In seiner Lieblingsbar eroberte er eine Blondine mit üppiger Oberweite, die Hanna hieß und Lehrerin für Deutsch und Englisch war. In Sebastians

Schlafzimmer stellte sich dann heraus, dass sie auch Französisch beherrschte.

Alles war perfekt, oder besser gesagt, wäre perfekt gewesen, wenn Sebastians bestes Stück seinen Dienst zu leisten bereit gewesen wäre wie immer. Aber der Kerl wollte nicht richtig. Hanna legte sich mächtig ins Zeug und Sebastian reagierte auch wie erwartet, aber die Freude war nicht von Dauer, denn was sich da voller Stolz aufrichtete, fiel nach wenigen Augenblicken wieder schlaff um.

Sebastian wurde abwechselnd rot und blass und starrte auf seine Männlichkeit hinab, die ihn so schmählich verriet. „Das ... das ist mir noch nie passiert", stotterte er.

„Pah", blies Hanna die Backen auf, „erst saufen wie ein Bär und dann keinen mehr hochkriegen, das ist so typisch Mann."

„Ich habe nicht mal drei Drinks gehabt", verteidigte sich Sebastian, „den letzten hast du ja zur Hälfte weggezogen. Ich war immer gut in Form."

Hanna zuckte resigniert die Achseln. „Na, heute läuft hier jedenfalls nichts. Den Abend kann ich abschreiben." Sie klaubte ihre wieder Sachen zusammen, die auf dem Bett verstreut lagen. „Gib mir noch einen Drink und einen Kuss und dann verschwinde ich, okay."

Sebastian zuckte hilflos die Achseln. „Okay", sagte er und schwang die Beine aus dem Bett, dann ging er barfuß bis zum Hals ins Wohnzimmer, um Hanna wenigstens einen steifen Drink zu mixen.

Als Hanna Augenblicke später an ihrem Glas nippte, sagte sie: „Also mixen kannst zu wenigstens. Wenn du bisher wirklich solche Probleme wie heute nicht kanntest, solltest du mal zum Arzt gehen. Normal ist das wohl eher nicht."

Sebastian erschrak bei diesen Worten ein wenig. Er war nie zuvor beim Urologen gewesen und hatte auch nicht angenommen, dies tun zu müssen, ehe er die 50 überschritten hatte.

Hanna trank ihr Glas aus, dann setzte sie ein Lächeln auf, sagte: „Nimm 's nicht zu tragisch, tu ich ja auch nicht und ich bin schließlich auch um einen Fick gekommen, den ich mir verdient hatte.“ Dann gab sie Sebastian einen Schmatz auf die Wange und verabschiedete sich aus dessen Leben.

Sebastian blieb allein in der Wohnung zurück, räumte mit einem dumpfen Gefühl der Angst ein bisschen auf, sah den Staubsauger im Schlafzimmer verschwinden, dachte: ‚Du bleibst mir treu in der Nacht.‘ und verfügte sich kurze Zeit später selbst ins Bett.

Im Moment des ersten Schrecks hatte Sebastian am Montag der folgenden Woche gleich zum Arzt gehen wollen, dann sagte er sich aber, dass dieser sicher darüber lachen würde, wenn ein Mann wegen einer schlappen Nummer gleich zu ihm gerannt kam. Also ließ er es bleiben und dachte sich, er würde in der Woche lieber noch einen Barbesuch einschieben, um seine Fähigkeiten zu testen.

Am Donnerstag ließ er sich von Cornelia, einer brünetten Verkäuferin, in deren Wohnung abschleppen. Das Resultat fiel nicht besser aus als bei Hanna und nun war Sebastian fest überzeugt, etwas unternehmen zu müssen. Das war nicht mehr der alte Sebastian. Am Freitag hatte er dann erste Probleme beim Wasserlassen. Der Urin verließ ihn ohne großen Druck und es brannte ein wenig in der Harnröhre. Es war nicht wirklich schmerzhaft, aber unangenehm und lästig, zumal Sebastian feststellen musste, dass der Urin auch noch tröpfelte, wenn er die Toilette verlassen hatte. Das war besonders unangenehm.

Außerdem haarte er im Bereich seiner Genitalien. Ihm fiel die Schambehaarung büschelweise aus. Auch dieser Umstand trug nicht gerade zu Sebastian Beruhigung bei. Leider war es für einen Arztbesuch vor dem Wochenende zu spät.

Am Sonntag rief Sebastian Kevin an, um ihm von den plötzlichen Problemen in seinen unteren Regionen zu berichten

„Na, das hört sich ja gar nicht gut an", sagte Kevin, nachdem Sebastian geendet hatte. „Ich such dir gleich mal einen guten Spezialisten raus, wart mal einen Augenblick." Sebastian hörte das Klappern des Hörers, als dieser auf einen Tisch oder

Schrank gelegt wurde. Kurze Zeit später war Kevin zurück. „Dr. Düsselbach, Franklinstraße 3“, diktierte er. „Ich ruf den am Montag gleich in der Früh an und sage, dass ein guter Freund von mir auf seine Patientenliste will. Ich habe noch was gut bei dem. Wenn ein Normalsterblicher versucht einen Termin bei solchen Fachärzten zu bekommen, ist er unter Umständen eher unter der Erde als im Wartezimmer des Arztes."

„Na, du hast ja eine tolle Art, mir Mut zuzusprechen“, erwiderte Sebastian.

„Wenn solche Beschwerden so plötzlich und so massiv auftreten, ist damit oft nicht zu spaßen. Ich will dir aber keine Angst machen. Geh erst mal zu deinem Hausarzt und dann mit der Überweisung zu Dr. Düsselbach. Wirst ja dann hören, was der sagt."

„Schnipp-schnapp und ab", versuchte Sebastian zu scherzen, aber er klang dabei nicht so lustig wie sonst.

„So schlimm wird es schon nicht kommen", versuchte Kevin ihn zu beruhigen. Dann schwatzten sie ein bisschen über belanglose

Themen und schließlich legte Sebastian auf. ‚Auf zu Dr. Düsselbach!' feuerte er sich in Gedanken an.

Am Morgen des Tages als er Dr. Düsselbach aufsuchen wollte, fiel Sebastian auf, dass sein Penis und der umgebende Bereich aussahen, als hätte er einen Sonnenbrand. Die Haut war gerötet und es zeigten sich kleine Pusteln. ‚Nicht gut', dachte Sebastian sich, ‚gar nicht gut.'

Das war auch die Meinung von Dr. Düsselbach, als dieser sich Sebastian angeschaut hatte. „Ich glaube, ich muss sie ins Krankenhaus einweisen", resümierte er nach einer gründlichen Untersuchung der oberflächlichen Symptome. „Im Moment kann ich nicht sagen, was ihnen wirklich fehlt. Da ich wohl so gut wie alles bereits gesehen habe, was mit dem Ding da passieren kann, finde ich schon diese Tatsache allein nicht sehr gut. Ich brauche eine gründliche Laboruntersuchung von Blut und Urin und eine Tomografie wird auch notwendig sein. Laparoskopie wohl noch nicht. Also gehen sie in Zentralkrankenhaus mit dieser Einweisung, ruhen

Sie sich ein bisschen aus und lassen sich gründlich durchchecken."

Sebastian war bei diesen Worten ein bisschen blass geworden. Außerdem spürte er eine leichte Übelkeit. ‚Die ganze Aufregung', dachte er.

Am nächsten Morgen aber erbrach sich Sebastian nach dem Frühstück. Die beiden Scheiben Toast und sein Kaffee wollten einfach nicht bei ihm bleiben. Stattdessen begleitete ihn der saure Geschmack auf dem Weg zum Krankenhaus, wo er dem zuständigen Arzt ein neues Symptom auf den Weg zur Diagnose mitgeben konnte.

Die Untersuchungen wurden mehr, je mehr sich die Ärzte mit Sebastians Fall beschäftigten. Nachdem die Laborberichte vorlagen, die sehr niedrige Leukozytenwerte lieferten, wie man ihm sagte, wurde erst eine Endoskopie an seinem besten Stück vorgenommen. Sebastian ließ die Prozedur über sich ergehen.

Die Mienen der Ärzte sahen nicht sehr verheißungsvoll aus, als sie ihm mitteilten, sie müssten auch eine Tomographie durchführen.

„Unglaublich“, hörte Sebastian einen der drei Weißkittel sagen, die in sein Krankenzimmer gekommen waren, um die bisherigen Ergebnisse mit ihm durchzugehen, als diese wieder sein Zimmer verließen. Der angesprochene Arzt schüttelte einfach nur den Kopf.

Erst zwei Tage später kam der älteste der drei Ärzte, er hatte einen grauen Schnauzbart wie eine Robbe und fast keine Haare mehr auf dem Kopf, allein in sein Zimmer und überbrachte die Ergebnisse. Er sah sorgenvoll aus, als er sich am Bett von Sebastian einen Stuhl heranzog und darauf niederließ.

„Es ist ein Fall von Strahlenkrankheit, wie ich ihn in meiner ganzen Laufbahn noch nicht gesehen habe“, sagte der Doktor mit einer sanften Stimme, die nicht zu seinem Kaiser-Wilhelm-Bart und der übrigen Erscheinung passte.

„Strahlenkrankheit?“, fragte Sebastian ungläubig zurück. „Wo soll ich mir die denn zugezogen haben?“

„Das wissen wir natürlich auch nicht. Aber die Tatsache bleibt. Sie müssen über eine geraume Zeit einer starken Röntgenquelle ausgesetzt gewesen sein. Anders ist das Bild nicht zu erklären, das ihr Unterleib bietet. Sie haben bereits Prostata- und Hodenkrebs. Er hat Metastasen ausgebildet, sollte aber noch zurückzudrängen sein. Allerdings kann die natürliche Funktion ihrer Genitalien nicht gerettet werden."

Sebastian schüttelte nur konsterniert den Kopf. Er fühlte sich plötzlich völlig leer. Krebs, er, und dann auch noch Verlust seiner Männlichkeit. Das konnte doch alles nicht wahr sein.

„Nein", sagte er verblüffend ruhig, „da muss ein Irrtum vorliegen."

„Ich wünschte, es wäre so", antwortete der alte Arzt. „Wir beginnen noch heute mit der Therapie."

Sebastian ließ sich in sein Bett zurückfallen und dann erfasste ihn eine kalte Trauer. Er bedauerte sich, bedauerte den Verlust, den er erleiden würde und fragte sich, wie es dazu gekommen war. Tränen begannen seine Augen zu füllen. Schließlich weinte er hemmungslos.

Etwa eine Stunde später griff er zum Handy, um Kevin anzurufen. Kevin musste erfahren, was mit ihm passiert war. Vielleicht konnte er ihm besser helfen, als dieser alte Mann im weißen Kittel.

Kevin ging praktisch sofort an den Apparat. Es schien, als hätte er Sebastians Anruf ungeduldig erwartet. Er hörte sich Sebastians Bericht und Wehklagen geduldig an. Dann sagte er völlig ruhig: „Da wirst du dann also nicht mehr die Frauen deiner Freunde bumsen können."

Sebastian traf es wie ein Schlag mit dem Vorschlaghammer. Kevin hatte es gewusst. Kevin hatte es die ganze, verdammte Zeit gewusst. Er wollte etwas erwidern, aber er wusste einfach nicht was. Er brachte ein paar hilflose Krächzer hervor, eher er hörte, was Kevin als nächstes sagte: „Morgen kommen zwei Techniker aus unserem Haus und holen den Staubsauger wieder ab. Der hat ja für genügend saubere Verhältnisse in deinem Leben gesorgt."

„Du hast …“, war alles was Sebastian hervorbrachte, dann stieg ihm ein Kloss der Verzweiflung in den Hals.

„Ich habe nichts getan“, antwortete Kevin. „Du wolltest doch, dass das Ding repariert wird, damit es dich nicht mehr im Schlafzimmer belästigt. Die alte Frau über dir hat doch sicher den Schlüssel. Ich werde den Technikern sagen, die sollen das Gerät schnell hier abliefern, damit ich es mir ansehen kann. Sabrina wünscht dir übrigens gute Besserung.“ Damit legte Kevin auf. Seine Ehe war wieder sauber und würde es auch bleiben.

Leichte Beute

Er stand ganz still hinter einer der dicken Eichen und beobachtete den Weg. Die Dunkelheit senkte sich immer tiefer über den Park hinab, der am südlichen Rand der kleinen Stadt lag. Er blickte den Weg entlang, der im Augenblick völlig verlassen lag und hoffte, die Joggerin, die ihm bereits gestern aufgefallen war, würde wieder auftauchen,. Er war jetzt seit einer Woche hier und ging jeden Abend in den Park, erst um zu sondieren, seit zwei Tagen suchte er nach einem passenden Opfer. Gestern war ihm die Joggerin über den Weg gelaufen. Das war, als er sich schon beinahe auf den Heimweg gemacht hatte, weil er nach zwei Stunden Warterei angenommen hatte, jetzt würde sich keine Maus mehr in diesem Park zeigen. Schließlich war diese sogenannte Stadt doch mehr ein Nest, da verirrten sich schon bei Tage kaum Leute hierher, geschweige denn nach dem Einbruch der Dämmerung.

Aber er hatte aus dem Hessischen verschwinden müssen. Sie suchten ihn dort. Jetzt hatten sie ihn sogar im Fernsehen gezeigt, d. h. ein Phantombild von ihm, das nach der Beschreibung durch eines seiner Opfer angefertigt worden war. „Aktenzeichen XY ungelöst“ hatte die Geschichte in schön schaurigen Bildern gebracht und ihn dabei in ein Monster verwandelt, das hilflose Frauen vergewaltigte. Er lauere ihnen in Parkanlagen auf, brächte sie in seine Gewalt und verginge sich dann an ihnen. Gut, das stimmte natürlich. Aber er tat es ja nur, weil er musste. Er brauchte den Kick, brauchte die Gefahr um Lust und Erfüllung zu finden. Das wurde in der Sendung nicht erwähnt. Er war doch ein Opfer seiner eigenen Triebe, oder nicht?

Die Tussi, die ihn beschrieben hatte, musste allerdings blind vor Angst gewesen sein. So wie auf diesem Phantombild sah er nicht mal morgens um fünf nach einer durchzechten Nacht aus. Und er hatte neuerdings sein blondes Haar dunkel gefärbt.

Er war also in diese Gegend im Osten gekommen, um sich ein neues Jagdrevier zuzulegen. Dieser Ort war so gut wie jeder andere, aber der stille Park im Süden, durch den hin und wieder junge Mädchen joggten, die sich zu dick fanden, war bestimmt eine gute Wahl.

In den letzten Wochen waren gerissene Schafe und das Lamentieren der Schäfer über die Wölfe, die aus der Lausitz vorrückten, das einzig interessante regionale Thema in den Zeitungen gewesen. Das würde sich ändern, wenn er seiner Lieblingsbeschäftigung nachging. Dann war die Saure-Gurken-Zeit für die Presse vorbei.

Er stand ganz still hinter der Eiche und atmete die kühle Nachtluft ein. Er spürte, wie die Wollust sich in ihm breit machte und sein Denken auf Triebe reduzierte, die er nicht zurückhalten konnte und wollte. Er hoffte sehr, die Joggerin von gestern wäre auch heute wieder unterwegs oder wenigstens eine andere junge Schnepfe.

Die von gestern wäre natürlich ideal gewesen. Er hatte sofort einen Ständer bekommen, als er sie mit hüpfenden Brüsten den Weg entlangkommen sah. Dunkle, lange, zu einem Pferdeschwanz gebundene Haare, ein blasses, schmales Gesicht ohne Schminke und neonfarbige Laufkleidung – so war sie an ihm vorbeigelaufen. Er hatte das rhythmische Atmen gehört, als sie seinen Standplatz passierte. Ihre Muskeln hatten sich gleichmäßig und fließend bewegt, wie dies zumeist nur bei trainierten Menschen der Fall ist. Er war sicher, dieses Mädchen lief nicht zum ersten Mal, aber natürlich konnte es heute einen anderen Weg nehmen oder mal einen Ruhetag einlegen.

Es war inzwischen völlig dunkel geworden. Der Mond schob sich hinter einer Wolke hervor und sandte sein blasses Licht über die Szenerie. Er sah hoch zum Mond und atmete die kühle Nachtluft. War besser als hier an der Eiche zu stehen und zu rauchen, wie es Vergewaltiger in amerikanischen Büchern und Filmen immer machten, damit die Bullen auch ja Vergleichs-DNS fanden. So ein Schwachsinn, hatten diese Schreiberlinge noch nie was von der Zigarette d a n a c h gehört?

Tapp, tapp, tapp! Schritte näherten sich und er lugte um den Baum herum, um zu sehen, ob seine Beute ansprechend aussah. Sein Herz setzte beinahe einen Schlag aus vor Freude. Sie war es! Seine Traumfrau von gestern. Mit federndem Schritt kam sie den Weg hochgelaufen, keuchte dabei ein wenig und ahnte nicht, dass sie bereits sehnsüchtig erwartet wurde.

Sie sah noch besser aus als gestern, fand er. Ihre Muskeln führten einen federnden Tanz unter der engen Sportbekleidung aus. Ihre offensichtlich straffen Brüste bewegten sich im Takt der Bewegung ihrer Beine. Ihre Wangen waren vom Lauf leicht gerötet und ihre nackte Haut glänzte vom Schweiß im Licht der Natriumdampflampen. Als sie den Baum beinahe erreicht hatte, kam er aus seinem Versteck hervor und trat auf den Weg. Sie machte einen einzigen weiteren Schritt, dann stoppte sie ihren Lauf und sah ihm direkt in die Augen. Sie hatte grüne Augen, die Augen einer Katze.

Da war er wieder. Susann erkannte der Typen sofort wieder. Gestern hatte er auch an diesem Baum gestanden und sie beobachtet. Es war dieser

Vergewaltiger aus dem Fernsehen. Sie hatte das Gesicht schon gestern sofort wiedererkannt, auch wenn es bereits recht dunkel gewesen war und alle Bilder daher schwarz-weiß für sie waren. Sie blieb stehen und sah dem Mann direkt ins Gesicht, der sie mit Blicken regelrecht verschlang. ‚Gleich sabbert er', ging es Susann durch den Kopf. ‚Ob er mich riechen kann?' Sie bezweifelte das. Dafür dürften seine Sinne nicht gut genug sein.

Sie war anders. Sie war anders seit sie denken konnte, aber erst als sie dreizehn war, machte ihre Mutter ihr klar, wie anders sie tatsächlich war. Sie hatte ihre Tochter beiseite genommen, wie alle Mütter das mit ihren Töchtern machen, wenn die Zeit gekommen ist, dass diese zu Frauen werden, aber sie hatte wesentlich mehr zu erklären als die Sache mit dem Sex und den Männern und der Pille. Sie erklärte Susann auch, warum es keinen Vater in ihrer Familie gab. An diesem denkwürdigen Tag erfuhr Susann, dass ihr Vater ein Verbrecher gewesen war, einer der sich an Frauen im Park vergangen hatte. Genau wie der Typ der sie jetzt anstarrte und sich gleich auf sie stürzen würde. Der Blick war so primitiv. Nur Geilheit – ein Tier war alles, was von der Krone der Schöpfung übrig geblieben war.

Susanns Mutter hatte sich viel Zeit genommen, um ihrer Tochter klar zu machen, dass es bei ihr, anders als bei den anderen Frauen, zwei Zeiten im Monat gab, wo sie sich besser nicht mit Jungs, später mit Männern, einließ.

Susann hatte zugehört, erst ein bisschen neugierig, dann erstaunt und schließlich beinahe entsetzt.

„Heißt dass, ich kann nie eine Familie haben?“, hatte sie ihre Mutter schließlich gefragt.

„Aber wir sind doch auch eine Familie“, hatte diese geantwortet.

„Ja, aber, was ist wenn ich mal einen netten Jungen kennenlerne?“ Tränen waren ihr in diesem Moment in die Augen gestiegen, und ihre Mutter hatte ihr daraufhin sanft über das Haar gestrichen.

Dann war ihr Blick streng geworden und sie hatte mit fester Stimme gesagt: „Dann vergiss ihn wieder."

Susann hatte die Hand vor den Mund geschlagen, den Kopf geschüttelt und war heulend aus dem Zimmer gerannt. Zwei Stunden später war sie aus ihrem Zimmer zurückgekehrt, hatte sich zu ihrer Mutter gesetzt und beide hatten bis lange nach Mitternacht über ihr gemeinsames Problem geredet. So viel wie an diesem Tag hatte ihre Mutter nie vorher und nie danach über ihr eigenes Leben preisgegeben.

In der Schulzeit hatte es dann ein paar Freundschaften mit Jungs mit Knutschen und Fummeln gegeben, aber nie war es so ernst gewesen, dass sich Probleme für Susann ergeben hätten. Dann hatte sie mit dem Studium begonnen und Jan kennengelernt. Sie waren sich während eines Studentenfaschings in die Arme gelaufen, und hatten einander nicht mehr loslassen können.

Zunächst war alles wie in der Schulzeit gewesen, doch die Beziehung zu Jan ging tiefer. Susann wollte ihm alles erzählen und hoffte, er würde ihre Probleme verstehen. Immerhin wollte er Tierarzt werden, da konnte es doch möglich sein, dass er sich mit diesen Dingen auskannte.

Susann und Jan hatten wunderbare Wochen. Sie liebten sich und hatten wilden Sex, wann immer Susann es zuließ. Jan verstand nur nicht, wieso bei Susann die Periode so lang war. Das hatte sie versucht, ihm weiszumachen. Irgendwann hatte sie dann beschlossen, ihn über ihre persönlichen Probleme aufzuklären.

„Heute machen wir mal ein spannendes Sexspiel", hatte Susann ihrem Geliebten erklärt und ihn aus dem Schlafzimmer ihrer gemeinsamen Bude geschoben. Du darfst nur zugucken.

„Oho", machte Jan, ließ sich aber aus dem Schlafzimmer drängen und blieb vor der Tür zurück.

„Was soll das werden?", fragte er nach einer Weile, immer noch etwas ratlos vor der Tür stehend. „Ich dachte, ich soll bei irgendwas zugucken."

„Du musst durchs Schlüsselloch gucken", hörte er Susann von drin antworten.

„Och, kann ich nicht doch reinkommen", bettelte Jan und drückte die Klinke nieder. Es war abgeschlossen.

„Nein", kam auch die prompte Antwort. Also beugte er sich gehorsam zum Schlüsselloch und linste hindurch.

Seine Susann hatte sich restlos entkleidet auf dem Bett niedergelassen und hatte offensichtlich damit begonnen, es sich selbst zu besorgen. Jan fand das zwar recht nett, aber so richtig toll war es nicht, verglichen mit den gemeinsamen Nächten, die sie oft hatten. Aber er war schließlich auch nur ein Mann, und als seine Susann dann einen Dildo aus dem Nachtschrank holte und diesen zum Einsatz brachte, fummelte er auch an sich herum, während er gebannt durch das Schlüsselloch starrte.

Irgendwann verharrte er plötzlich. Er ließ sein Glied fahren, riss den Mund in Erstaunen oder Erschrecken auf und guckte nur noch. Alle Farbe war aus seinem Gesicht gewichen. Schweiß trat auf seine Stirn. Dann ließ er sich in die Hocke nieder, schlag die Arme um seinen Körper und begann, am ganzen Leibe zu zittern wie in großer Kälte. Als Susann zehn Minuten später aus der Schlafzimmertür trat, wich er, auf dem Hintern rutschend, vor ihr zurück und starrte sie aus großen, ängstlichen Augen an.

„Was war das?", fragte er schließlich, als er seine Sprache wiedergefunden habe.

„Das war der Grund", antwortete Susann schließlich, „warum wir kein gemeinsames Kind haben können."

Ein Kloß saß in Jans Hals und er schluckte. Er blickte Susann mit angstvollen Augen an, als könne die ihm jeden Augenblick an die Kehle springen. Was sollte er sagen? Was wollte er sagen?

„Was denkst du?", fragte Susann schließlich. „Kannst du mich noch immer lieben?"

Jan zögerte, doch es war nur ein kurzer Augenblick. Ihm war inzwischen klar geworden, dass es Schlimmeres gab, als die Dinge, die er gerade gesehen hatte. Es gab ein Leben ohne Susann.

„Ich liebe dich“, sagte er deshalb, „und werde dich immer lieben.“ Er sprang auf und wollte Susann umarmen, die noch immer hüllenlos vor ihm stand, doch diese streckte die Arme nach vorn und hielt ihn zurück.

„Jetzt nicht, Lieber, es ist sicherer.“

Zwei Stunden später saßen sie beide aneinander gekuschelt auf der Couch und sahen sich „Frei geboren“ an, einen von Jans Lieblingsfilmen.

Das war jetzt drei Jahre her. Inzwischen hatte Jan seine Wildkatze, wie er es ausdrückte, zunächst seinen Eltern vorgestellt und im vorigen Jahr hatten sie geheiratet. Seit dem sprachen Jans Eltern eigentlich jedes Mal von Enkelkindern, wenn die beiden jungen Eheleute zu Besuch waren. Jan wusste nie so recht, wie er dann reagieren sollte und Susann fürchtete, seine Eltern würden dumme Vermutungen anstellen. Aber bisher war immer alles gut gegangen. Und das würde auch so bleiben. Das war Susanns Entscheidung.

Und jetzt stand dieser Typ vor ihr, beinahe geifernd vor Lust, und wollte sie vergewaltigen.

Sie war ein bisschen zu sehr in Gedanken versunken gewesen, daher hatte sie den Moment, als der Kerl sie ansprang, nicht rechtzeitig erkannt und war ziemlich schmerzhaft auf den Rücken gefallen. Sie schrie auf und der Mann grinste. Sie hätte ihm die Augen auskratzen mögen, aber sie hielt sich zurück.

„So mein Täubchen", sagte der Typ. „Jetzt machen wir es uns richtig gemütlich. Hier auf dem Weg ist doch zu viel los." Er packte sie mit beiden Armen, hob sie ein Stück hoch und schleppte sie seitlich in die Büsche.

Er war ein wenig verwirrt. Eigentlich hatte er bei dieser durchtrainierten Fotze mit mehr Gegenwehr gerechnet. Die anderen hatten versucht, um sich zu schlagen, hatten gekratzt und gebissen und vor allem hatten sie alle geschrien. Die hier hatte sich auch gewehrt, aber alles war halbherzig, so als wüsste sie nicht, ob es ihr nicht vielleicht sogar

Spaß machen könnte. Ihm machte das allerdings nicht so viel Spaß. Sie sollte sich wehren. Sie sollte Angst haben. Also schlug er ihr zu Einstimmung kräftig ins Gesicht, nachdem er sie in ein Gebüsch geschleppt hatte. Tränen sollten fließen. Es kam sogar noch besser. Er hatte ihre Nase getroffen und Blut rann heraus.

Als er sie dann auf den Boden schleuderte und ihr Sporthose und Höschen vom Arsch zerrte, strampelte sie doch mit den Beinen wie alle anderen und trat nach ihm. Er drehte sein Becken so, dass sie ihn nicht da treffen konnte, wo es wirklich wehtat. Das Teil wurde schließlich noch gebraucht und war inzwischen auch richtig schön hart.

Er griff nach unten und drückte ihre Schenkel auseinander. Dann fasste er sie an. ‚Hey, die ist ja richtig nass.' Das war eine neue Erfahrung. Das hatte er noch nie erlebt. Sonst hatte er immer mit Spucke nachhelfen müssen. War eine richtig rollige Katze, die Kleine.

Er machte sich über sein Opfer her. Er robbte auf sie drauf wie sich ein Walrossbulle vermutlich auf sein Weibchen wirft. Sie lag mit weit gespreizten Schenkeln unter ihm und ließ es geschehen. Tief drang er in sie ein und weidete sich an ihrem angstvollen Blick mit den weit aufgerissenen Augen. Auf, nieder, auf, nieder - wie eine Maschine. Er schwitzte und japste während er seine Verrichtung erledigte und bemerkte kaum, dass auch sein Opfer offenbar einem Höhepunkt zustrebte. Das war nicht einfach ungewöhnlich, das war eigentlich unglaublich.

Dieses Mädchen unter ihm hatte ihn unter seinem leichten T-Shirt umklammert und ihre Hände in seinen Rücken gekrallt. Ihre Unterschenkel hatten sich um seine Beine geschlungen und hielten ihn fest. Jetzt war er so ein Gefangener ihres Körpers, wie sie seine Gefangene war.

Dann kam es ihm und praktisch gleichzeitig heulte diese Joggerin laut auf. Sie kreischte in die Nacht hinein, dass die Vögel in den Gebüschen erwachten und erschrocken aufflogen. Gleichzeitig spürte er plötzlich Schmerzen auf seinem Rücken. Sie kratzte ihn. Sie zerkratzte ihm den Rücken.

‚DNA-Spuren', schoss es ihm durch den Kopf. Wenn sie so mit ihm verfuhr, musste er sie töten und verstecken. Er konnte sie nicht einfach hier liegen lassen wie die anderen Opfer. Er wollte ihren weißen Hals packen, doch ihre Arme umschlossen noch immer seinen Körper und hielten seine Arme an den Leib gedrückt. Kein Problem, die Arme dieser Tussi sollte er zur Seite schieben können, doch Fehlanzeige, sie waren wie Stahlklammern, die sich in seinem Rücken schlossen. Er hob den Kopf und sah ihr ins Gesicht.

Was war das? Sie hatte plötzlich einen Bart. So etwas wie Schnurrhaare wuchsen auf ihrer Oberlippe. Sie öffnete die Augen, die smaragdgrünen Augen, und sah ihn direkt an. Dann teilten sich ihre Lippen, zeigten ein Gebiss das wie angeschliffen wirkte, und sie fauchte ihn an. Plötzlich bekam er es mit der Angst zu tun. Das war nicht normal. Das war kein normales Mädchen, an dem er einfach seine Lust befriedigt hatte.

Er zappelte, um sich aus ihrer Umarmung zu befreien und plötzlich gab sie ihn tatsächlich frei. Aber nur um einen Arm nach vorn zu bringen und ihm mit einer krallenbewehrten Hand ins Gesicht zu schlagen. Vier lange, blutige Striemen blieben auf seiner linken Wange zurück. Und der nächste Hieb folgte sofort. Er traf ihn knapp unterhalb des Auges. Er sprang von Schmerz und Überraschung verwirrt auf und sah auf das hinab, was es da gerade gevögelt hatte.

Dieses Ding, das einmal ein Mädchen gewesen war, wurde immer katzenähnlicher. Sie (es) hatte sogar einen Schwanz. Kaum hatte er sich aufgerappelt, war auch das Zwitterwesen auf den Beinen. Seine Krallen schlugen weiterhin nach ihm aus. Es fauchte ihn an und zeigte dabei ein typisches Raubtiergebiss. Fell zeigte sich auf Armen und Beinen. Es hatte die hellbraune Färbung einer Löwin.

Katzen, das hatte er mal gelesen, greifen nach der Paarung ihre Männchen an. So mancher Kater hatte bei so einer Attacke schon ein Auge oder Ohr verloren. Und er hatte auch gelesen, dass kluge Kater nach der Paarung eilig Fersengeld gaben. Sollte er jetzt wirklich vor seinem eigenen Opfer flüchten? War das überhaupt ein Opfer? Oder war er die Beute gewesen?

Er kam nicht mehr weiter mit seiner Überlegung, denn in diesem Augenblick sprang sein ehemaliges Lustobjekt auf ihn zu. Es krallte sich an seinem Körper fest und seine Fangzähne gingen zu seinem Hals. Er griff mit den Händen nach oben, um sich vor dem Biss zu schützen, aber seine Reaktion war viel zu langsam. Er spürte, wie das scharfe Raubtiergebiss sich in sein weiches Fleisch senkte. Er hatte auch mal gelesen, dass der Tötungsbiss der Raubtiere schnell ist und Beute nicht unnötig leiden muss. So war es.

Als Susann nach Hause kam, verschwand sie eilig im Bad. Sie musste das Blut beseitigen, ehe Jan aufmerksam wurde.

„Hallo Schatz“, rief er aus der Küche, „du warst aber lange joggen heute.“

„Ja“, rief sie zurück. „Ich habe noch jemanden getroffen, mit dem ich was zu besprechen hatte. Es ging um die Samenspende.“

„Oh“, Jan zögerte. Er liebte dieses Thema nicht, aber er wusste, dass es sein musste. In den fruchtbaren Tagen konnte er Susann nicht beglücken. Sie wurde zur Bestie, wenn der Orgasmus vorbei war. Er hatte es einmal gesehen und konnte es nie mehr vergessen. Wenn er sie nicht so sehr geliebt hätte, wäre es nicht zu ertragen gewesen. Er atmete tief durch und wechselte das Thema: „Es gibt Steak. Wie willst du deins?“

„Blutig, das weißt du doch, Dummerchen“, erscholl die Antwort aus dem Bad, wo Susann gerade die letzten Blutspritzer von ihrem Körper entfernte.

„Ja, das weiß ich“, erwiderte Jan. „Manchmal hoffe ich eben, das du eines Tages ‚medium‘ antwortest.“

„Vielleicht irgendwann einmal, vielleicht“, antwortete Susann und begann zu singen: „The Lion sleeps tonight.“

3196129R00089

Printed in Germany
by Amazon Distribution
GmbH, Leipzig